Alfred Köth

37

Eine Vier-Väter-Geschichte

Bibliografische Information der Deutschen Bibliothek

Die Deutsche Nationalbibliothek verzeichnet diese Publikation in der Deutschen Nationalbibliografie; detaillierte bibliografische Daten sind im Internet über http://dnb.ddb.de abrufbar.

Herstellung: VAS
Ludwigstr. 12d, 61348 Bad Homburg v.d.H.
Vertrieb: Südost Verlags Service GmbH
Am Steinfeld 4, 94065 Waldkirchen

Printed in Germany • ISBN 978-3-88864-477-1

Quellenhinweis:

Bei den geschilderten individuell-familiengeschicht-lichen Ereignissen stütze ich mich neben den eigenen Erinnerungen auf Erzählungen meiner Mutter und meiner Onkel, Tanten und Großtanten. Bei den allge-mein-gesellschaftlichen Ereignissen habe ich auf diver-se Quellen im Internet zugegriffen, vor allem Wikipe-dia, die Websites der genannten Gemeinden und der Universität Frankfurt, die Internetseiten des Deut-schen Historischen Museums (www.dhm.de) und des Hauses der Geschichte (www.hdg.de), die Statistiken des Bayerischen Landesamts für Statistik und Daten-verarbeitung, das Statistische Jahrbuch der Stadt Frankfurt am Main, das Archiv des Spiegel sowie eini-ge Übersichts-Websites wie z. Bsp. www.wissen.de, www.weltchronik.de, www.chroniknet.de, www.was-war-wann.de. Zu den Veränderungen der Geburtshilfe fand ich auch einige Informationen in der Dissertation von Sabine Major zur Geschichte der außerklinischen Geburtshilfe in der DDR.

Für Daniel

Ich schrieb an diesem Buch, als ich in dem Alter war, in dem mein Vater starb. Ein Jahr vor Fukushima und vierundzwanzig Jahre nach Tschernobyl. Neun Jahre, nachdem in New York die Twin Towers und im Bamiyan-Tal die Buddha-Statuen zerstört wurden. Und fünfundsechzig Jahre nach den Bomben auf Hiroshima und Nagasaki und dem Ende des Zweiten Weltkriegs.

Zum Inhalt:

Der Titel des Buches „37" ist mit Bedacht gewählt. Zunächst handelt jedes der ersten vier Kapitel (1988, 1960, 1932, 1918) von einem 37-jährigen Vater, dessen Lebensgeschichte und familiärer Kontext skizziert wird. Der Leser wird in der Zeit rückwärts geführt und erkennt die Zusammenhänge zwischen den vier Vätern. Gleichzeitig steht die 37 für das „typische Exemplar" der Kategorie Zahl, und in vielfältigen Querverweisen werden zeitgeschichtliche Ereignisse des letzten Jahrhunderts mit einer Familiengeschichte dieser Väter aus drei Generationen verwoben. Somit wird im Individuellen das Typische sichtbar gemacht. Das letzte Kapitel schließlich springt ins Heute (2011) zu dem 23-jährigen Sohn/Enkel/Urenkel, dem dieses Buch gewidmet ist.

„We didn't start the fire. It was always burning since the world's been turning.
We didn't start the fire: No. we didn't light it, but we tried to fight it …
We didn't start the fire, but when we are gone will it still burn on, and on, and on …"

Billy Joel 1989

„Jede Generation lebt in ihrer ganz eigenen Welt. Gleichzeitig aber bestimmt und prägt sie die Welten der vorangehenden und der folgenden Generationen."

Wolfgang Schmidbauer:
Ein Land – drei Generationen.
Psychogramm der Bundesrepublik.
Herder Verlag, Freiburg 2009.

„Die Bahnen kleinerer Planeten. In letzter Zeit wird Laras Interesse immer stärker von Persönlichkeiten und Ereignissen gefesselt, von Schicksalen, die noch zu keinem der historischen Konflikte vorgedrungen oder die von dem Weltenbrand zurückgewichen sind – die Einzelheiten jener Leben, die gelebt werden, während zeitgleich hinter dem Horizont oder in den Bergen über ihnen eine größere Schlacht stattfindet."

Nadeem Aslam: Das Haus der fünf Sinne.
Rowohlt Verlag, Reinbek bei Hamburg 2010.

„Wenn der Vater stirbt, entsteht nicht nur der Wunsch im
Sohn, der Vater möge noch einmal seine eigene Sicht des Lebens
in Worte fassen, sondern auch das tiefe Bedürfnis,
er möge dem Sohn zeigen, was dieser ihm bedeutet hat."

Lothar Schon: Sehnsucht nach dem Vater.
Die Dynamik der Vater-Sohn-Beziehung
Klett-Cotta, Stuttgart 2000.

Kapitel 1: Montag, 4.1.1988

Kapitel 2: Donnerstag, 29.9.1960

Kapitel 3: Sonntag, 28.8.1932

Kapitel 4: Sonntag, 23.6.1918

Kapitel 5: Mittwoch, 5.1.2011

Kapitel 1

Montag, 4.1.1988, Frankfurt a.M.

Natürlich könnte man auch Schraubenzieher, Gänseblümchen und Blockflöte sagen, oder Zange, Orchidee und Posaune, aber es ist nun mal so, dass in unserem Kulturkreis die meisten Leute Hammer, Rose und Geige sagen, wenn sie, am besten noch unter leichten Stressbedingungen, spontan ein Werkzeug, eine Blume und ein Musikinstrument nennen sollen. Psychologen erklären dies aus der Funktionsweise des Gedächtnisses, da es zu jeder Kategorie „typische Exemplare" gibt, die einem als erstes einfallen, weil sie am häufigsten auftreten und am besten das Charakteristikum der Kategorie repräsentieren. Und das typische Exemplar in der Kategorie Farbe ist übrigens rot.

„Nenne mir eine x-beliebige zweistellige Zahl zwischen 1 und 99, nein, sagen wir zwischen 1 und 50, deren beide Ziffern ungerade sind. Die einzige Bedingung ist, dass die beiden Ziffern ungleich sind, also nicht so wie bei 11 zum Beispiel, wo beide Ziffern gleich sind."

Er hatte schon viele Leute verblüfft, wenn er, nachdem sie ihre „x-beliebige" Zahl genannt hatten, einen zusammengefalteten Zettel aus der linken Hosentasche zog und ihnen mit feinem Lächeln überreichte.

Auf dem Zettel stand die Zahl 37. In der Tat wählen die meisten Leute diese Zahl. Ich glaube nicht, dass dies etwas mit der für uns Menschen normalen Körpertemperatur zu tun hat. Es ist wohl eher so, dass die „einzige Bedingung" nur von acht Zahlen zwischen 1 und 50 erfüllt wird.

Und noch ein Hinweis für körpersprachlich Interessierte: Wenn man bei den Worten „zwischen 1 und 50" eine Handbewegung macht, als ob die beiden Handflächen etwas zusammenschieben würden, dann wird die Gedankentätigkeit des Gegenübers auf den Zahlenraum in der Mitte zwischen 1 und 50, also auf die Dreißigerreihe gelenkt. Und wegen der expliziten und zudem mit „nein" oder „nicht" verknüpften Erwähnung der Ziffern 1 und 9 werden diese beiden Ziffern eher nicht gewählt. Dann bleiben nur noch zwei Zahlen. Und die Verblüffung würde sich wohl ganz auflösen, wenn die Leute wüssten, was auf dem Zettel in seiner rechten Hosentasche steht.

Schon immer hatte er eine Vorliebe für Zahlenspielereien. Die Hausnummer, in der er wohnte, als er seine zukünftige Frau kennenlernte, war die 19. Sie wohnte zu diesem Zeitpunkt in der Hausnummer 20. Die Wohnung, in der sie dann zusammenzogen, hatte die Nummer 21. War doch interessant, oder? Später stellte er fest, dass sein Elternhaus die Nummer 18 hatte, ihr Elternhaus dagegen die Nummer 19. Das Haus, das sie sich gemeinsam nach ihrer Heirat kauften, hatte die Nummer 37. Von der Reihe zur Summe. Als ihr Sohn am ersten Tag, genauer in der ersten Nacht, in der sie das Haus Nummer 37 bezogen, geboren wurde, war er knapp 37 Jahre alt, genauso alt wie sein Großvater mütterlicherseits, als der Erste Weltkrieg zu Ende war. Genauso alt, wie Vincent van Gogh, als er sich erschoss oder wie Joseph Martin Fischer, genannt Joschka, als er in Turnschuhen zum hessischen Umweltminister vereidigt wurde. Die 37 war für ihn das typische Exemplar in der Kategorie Zahl.

In dieser Nacht, in der zu den 621.379 Einwohnern Frankfurts mindestens ein neuer Bewohner hinzukommen sollte, war der Himmel sternenklar, es war eine trockene, kalte Winternacht. Der erste Montag des Jahres, in dem es bei einer Flugshow in Rammstein zu einem tragischen Unglück kommen sollte, des Jahres, in dem Steffi Graf im Tennis in allen vier *Grand-Slam*-Turnieren siegte und in dem Céline Dion den *Eurovision Song Contest* gewann, des Jahres, in dem mit *Radio Dreyeckland* in Freiburg im Breisgau das erste deutsche freie Radio legalisiert wurde, nachdem eine juristische Verfolgung des Piratensenders als aussichtslos eingeschätzt worden war. Die Gemeinde Großwenkheim in der Rhön, in der sein Ururgroßvater mütterlicherseits und all dessen Vorfahren gelebt hatten, feierte in diesem Jahr ihr 1200-jähriges Bestehen, obwohl sie seit der Gemeindereform vor sechzehn

Jahren nicht mehr selbständig, sondern inzwischen Stadtteil von Münnerstadt geworden war; der *Naturschutzbund* erklärte den Wendehals (Jynx torquilla) zum Vogel des Jahres und im Verlauf des Gladbecker Geiseldramas, bei dem die Sensationspresse eine unrühmliche Rolle spielte, starben drei Menschen. Im Jahr zuvor, die Schwangerschaft war da noch ganz im Anfangsstadium gewesen, war der neunzehnjährige Mathias Rust in einer geliehenen Cessna von Hamburg über Finnland nach Moskau geflogen und hatte dort den Kreml und den Roten Platz überflogen. Und ein Jahr später, einen Tag nach dem vierzigsten Geburtstag der jungen Mutter, wird Mike Tyson, jüngster Weltmeister der Geschichte im Schwergewicht, seinen Boxkampf und Weltmeistertitel gegen Carl (*The Truth*) Williams in der Convention Hall, Atlantic City, New Jersey, USA, durch technischen K. o. nach dreiundneunzig Sekunden gewinnen.

Einzelschicksale, kleinere Planetenbahnen, Details von Leben, die gelebt wurden, während zeitgleich hinter dem Horizont oder in den Bergen über ihnen größere Schlachten stattfinden: eine Massenhinrichtung politischer Gefangener im Iran, die blutige Zerschlagung der Demokratiebewegung in Birma, das in Zukunft offiziell Myanmar heißen wird, in Algerien ein Volksaufstand für Reformen, ein Pogrom an Armeniern in Aserbaidschan, ein Giftgasangriff der irakischen Luftwaffe gegen die Kurden und Assyrer in Halabdscha,

15

eine Seeschlacht zwischen den USA und Iran im persischen Golf, die Operation *Praying Mantis* genannt wurde. In diesem Jahr war auch der erste echte Computerwurm, der *Morris-Wurm*, in Umlauf und legte zehn Prozent des Netzes lahm. Ein Jahr später sollte in Peking ein Massaker auf dem Platz des Himmlischen Friedens die Welt erschüttern. Und es war noch keine zwei Jahre her, dass die Reaktorkatastrophe in Tschernobyl weite Teile Europas radioaktiv verseucht und die Bevölkerung in Angst und Schrecken versetzt hatte.

Der Volksmund kennt den Spruch: Wo die Nacht am dunkelsten, da ist das Licht am nächsten. Zeitgleich, auch in diesem Jahr, hoben die Vereinigten Staaten das seit 1952, also praktisch sein ganzes Leben lang schon bestehende Einreiseverbot für Mitglieder kommunistischer Organisationen auf. Einreisewillige mussten fortan nicht mehr Auskunft über eine etwaige Mitgliedschaft in einer kommunistischen Gruppierung geben. In Moskau wurde die erste staatlich unabhängige Organisation, die *Internationale Stiftung für das Überleben und die Entwicklung der Menschheit*, mit offizieller Billigung der Behörden gegründet. In Genf wurde am vierzehnten April das Afghanistan-Abkommen geschlossen, das den Abzug der sowjetischen Truppen aus dem Land am Hindukusch regelte. Am fünfzehnten Mai begann die UdSSR mit dem Rückzug aus Afghanistan. Südafrika erklärte sich im Rahmen eines

UNO-Friedensvertrages dazu bereit, die Besatzung Namibias aufzugeben. Der erste Golfkrieg zwischen dem Iran und dem Irak wurde im Sommer dieses Jahres beendet und die vierundzwanzigjährige Tracy Chapman wurde weltweit durch ihren Auftritt beim *Nelson Mandela 70th Birthday Tribute* in London bekannt. Zwanzig Monate später wurde Mandela nach siebenundzwanzig Jahren Haft aus dem Gefängnis entlassen. Der Volksmund kennt auch den Spruch von Sepp Herberger, der vor vierunddreißig Jahren (ja, okay, diesmal nicht die 37) zum Volkshelden wurde: Nach dem Spiel ist vor dem Spiel.

Im Sommer dieses Jahres, in dem *Metallica* das Album *And Justice for All* veröffentlicht, in dem die legendäre Punkrock-Band *Pennywise* gegründet wird, gab die Punkband *Die Ärzte* ihr Abschiedskonzert auf Sylt. Dass sie sich fünf Jahre später neu gründen würde und dann erst die eigentliche Erfolgsgeschichte beginnen sollte, war zu diesem Zeitpunkt noch nicht absehbar. Die deutsche Wiedervereinigung sollte noch ein Jahr auf sich warten lassen. Noch gab es eine Bundesrepublik Deutschland und eine Deutsche Demokratische Republik. Noch gab es einen Bundeskanzler Dr. Helmut Kohl und einen Vorsitzenden des Ministerrats Willi Stoph, einen Bundespräsidenten Freiherr Richard von Weizsäcker und einen Vorsitzenden des Staatsrats Erich Honecker. Letzterer trifft Anfang Januar in Paris ein. Es ist der erste Staatsbesuch eines DDR-Staatschefs in Frankreich. In knapp zwei Jahren wird es keine DDR mehr geben. Dafür aber im wiedervereinigten Deutschland zwei vierstellige Postleitzahlensysteme. Die im Zweiten Weltkrieg entwickelten zweistelligen Zahlenkombinationen wurden nach dem Krieg weiterverwendet. In den Sechzigerjahren fand in der damaligen Bundesrepublik und in der DDR ein Wechsel zu jeweils eigenständigen, vierstelligen Postleitzahlen statt. Beide Leitsysteme existierten, bis 1993 ein von der Deutschen Bundespost entwickeltes, fünfstelliges System für das wiedervereinigte Deutschland in Kraft trat. Da war sein Sohn noch im Kindergarten, und bis der Euro die DM ablöste, war er schon auf dem Gymnasium.

An diesem Montagabend, an dem das inzwischen im Zehn-Minuten-Takt wehende Elternpaar, nach überstürztem Umzug von der Hausnummer 21 in Hausen in die Hausnummer 37 in Praunheim, nach dribbdebach, also nach Sachsenhausen zur Praxis des Gynäkologen fuhr, lief im ersten Programm ab 23.00 Uhr der Spätfilm *Die Günstlinge des Mondes* (1984) des sanften Anarchisten und gebürtigen Georgiers Otar Iosseliani: laut Programmheft eine Verknüpfung von abstrusheiteren und komisch-bedrohlichen Szenen aus Paris zu einem sozialen Netz, das Standesschranken und Unterschiede von Gut und Böse überspannt. Da herrscht Faustrecht an einem Taxistand, obwohl es nicht regnet und genügend Wagen zur Verfügung stehen, da prügelt sich ein angetrunkener Mann im Bett mit seiner fetten Frau, die Kinder schauen durchs Schlüsselloch zu, bis sie sich wieder dem Fernseher zuwenden, und da schläft die Frau des Kommissars mit dem Schmuggler, der später im Gefängnischor mitsingt.

Bei den werdenden Eltern verknüpfte sich an diesem Tag ganz anderes. Seitdem am Morgen noch vor dem Aufstehen die Fruchtblase geplatzt war, lief das Stressprogramm aus Brechts *Dreigroschenoper*: „Ja, mach nur einen Plan, sei nur ein großes Licht, und mach dann noch 'nen zweiten Plan, gehn tun sie beide nicht." Eigentlich war alles ganz anders geplant gewesen: Das Sicherheitsbedürfnis des jungen Elternpaares war doch so groß gewesen, dass sie den ganzen Januar noch Miete in der alten Wohnung zahlten. Zur Not hätten sie auch noch dort gebären können und erst nach der Geburt umziehen. Der errechnete Termin lag noch zwei Wochen in der Zukunft. Die Renovierung des neu gekauften Hauses war holterdipolter noch vor Neujahr über die Bühne gegangen, Tapezieren der Wohnzimmerdecke mit Rauhfasertapete an Heiligabend inklusive, die kleineren Gegenstände waren nach und nach in Obstkisten und Kartons ins neue Haus transportiert worden. Der Gynäkologe war sowieso zwischen den Jahren in Urlaub. Der einzig kritische Tag war der besagte Montag, an dem der Möbelwagen für die sperrigen Sachen bestellt war. Für das junge Paar eher uninteressant war es, dass an diesem Tag, nach monatelangen Auseinandersetzungen, ein mit den Bewohnern besetzter Häuser in der Hamburger Hafenstraße, einer Hochburg der links-autonomen Szene, geschlossener Nutzungsvertrag in Kraft trat. Der Hamburger Senat hoffte, mit der vertraglichen Regelung eine dauerhafte Entspannung der Lage zu erreichen. Das werdende Elternpaar hoffte auf Entspannung nach der Geburt.

An diesem Tag veröffentlichte die sowjetische Zeitschrift *Ogonjok* einen Bericht über eine ökologische Katastrophe um den Aralsee in Kasachstan. Infolge verschiedener Bewässerungsprojekte in den Sowjetrepubliken Kasachstan und Usbekistan hatte sich der Wasserspiegel des Aralsees innerhalb weniger Jahre um mehrere Meter gesenkt, so dass weite Landstriche ausgetrocknet und durch Versalzung unfruchtbar geworden waren. Und an diesem Tag begannen die ungarischen Behörden mit der Ausgabe von Reisepässen, mit denen ungarische Bürger ohne Ausreisevisum auch ins westliche Ausland reisen durften. Vor den Ausgabestellen bildeten sich lange Warteschlangen. Ein strammer Esoteriker könnte jetzt nach dem Motto „Wie oben, so unten" einen Zusammenhang oder eine Parallele zwischen diesen geopolitischen Geschehnissen in Kasachstan und Ungarn und den Abläufen in Frankfurt-Hausen und -Sachsenhausen ziehen. So wie sich durch die Absenkung des Fruchtwasserspiegels nach dem Platzen der Blase ein Druck entwickelte, die Reise von innen nach außen anzutreten.

Die zukünftigen Eltern hatten sich für eine ambulante Geburt entschieden, genauer gesagt, für eine sogenannte Praxisgeburt. Und das, obwohl die werdende Mutter fast neununddreißig Jahre alt war und daher als sogenannte Spätgebärende zu einer Risikogruppe gehörte, die am besten im Krankenhaus entbinden sollte. Noch zur Jahrhundertwende fanden so gut wie alle Geburten in der Privatwohnung statt. 1896, als seine Großmutter väterlicherseits in dem kleinen Dörfchen Gailbach bei Aschaffenburg, damals etwa vierhundert Einwohner, geboren wurde, betrug der Anteil der Hausentbindungen an den Geburten im Deutschen Reich neunundneunzig Prozent. In den Großstädten Deutschlands betrug 1903 der Anteil der Anstaltsentbindungen acht Prozent und stieg bis 1916 auf dreiunddreißig Prozent. 1933, im Jahr der Machtergreifung durch die Nationalsozialisten, lag der Anteil der Anstaltsentbindungen bei dreiundsechzig Prozent. Die klinische Geburtshilfe hatte sich innerhalb von dreißig Jahren in den Großstädten als echte Alternative zur Hausgeburtshilfe herausgebildet. In den ländlichen Gebieten hielt sich die Hebammengeburt noch längere Zeit. So gab es in Bayern 1860 dreimal soviel Hebammen wie Ärzte, bis 1910 veränderte sich dieses Verhältnis sukzessive zugunsten der Ärzte, sodass bereits 1920 die Statistik etwas mehr Ärzte als Hebammen ausweist. Bis nach dem Zweiten Weltkrieg hatte sich das Verhältnis umgekehrt. Es gab drei- bis viermal mehr Ärzte als Hebammen. Von 1960 bis 1990 nahm die Zahl der Hebammen immer mehr ab, und die Zahl der Ärzte stieg weiter steil an.

Er selbst war eine Hausgeburt gewesen, kein Arzt war nötig, man lebte auf dem Land, ein kleines Dörfchen mit 1800 Einwohnern am Rande von Aschaffenburg; seine Mutter war, genau wie ihre eigene Mutter damals bei der Geburt ihrer ersten Tochter, fünfundzwanzig Jahre alt und gesund. Er war ihr erstes Kind, ein Jahr nach der Hochzeit, der Stammhalter in der Familie. Es gab in dieser Zeit weder Fruchtwasseruntersuchungen noch Ultraschall. Die Ängste hielten sich in Grenzen, schließlich hatte sie sowohl bei ihren älteren Schwestern als auch bei den Tieren im Stall genügend Geburten miterlebt. Sie konnte also zuversichtlich sein, dass nicht alle Geburten so schwierig sein mussten, wie es ihre Mutter immer erzählt hatte. Und die alte Hebamme ließ sich sowieso nicht aus der Ruhe bringen. Als ihre Nichte nach dem Platzen der Fruchtblase mit der Botschaft zur Hebamme geschickt wurde und dort aufgeregt verkündete, dass bei ihrer Tante das Wasser schon läuft, drehte diese ihren Wasserhahn auf und antwortete trocken: Bei mir läufts auch.

Es war ein warmer Samstagnachmittag im Herbst gewesen, der letzte im September; die Hochschwangere war einen Tag vor ihrer Niederkunft noch auf dem Acker gewesen. Sie erzählte später, dass er vielleicht deswegen früher dran gewesen war als geplant. Der errechnete Termin war, wie 37 Jahre später dann auch bei seinem Sohn, zwei Wochen nach dem tatsächlichen. Und das ganz ohne Kartoffelacker. Unverhofft kommt oft. Sein Patenonkel, der jüngere Bruder seines Vaters, war gerade mal achtzehn Jahre alt, und Max Schmeling, das Jugendidol seines Vaters, war einen Tag zuvor sechsundvierzig geworden. Sein Großvater, dessen Namen er erhielt, war sechsundfünfzig und sein anderer Großvater siebzig. Letzterer sollte nur noch sieben Jahre leben. Hermann Hesse, der sechs Jahre zuvor den Literatur-Nobelpreis erhalten hatte, war vier Jahre älter als dieser Großvater und sollte ihn um vier Jahre überleben. Und Anita Ekberg, seit einem Jahr Miss Schweden, feierte an diesem Samstag ihren zwanzigsten Geburtstag. Die Einzelheiten jener Leben, die gelebt werden, während zeitgleich hinter dem Horizont oder in den Bergen über ihnen eine größere Schlacht stattfindet. An selbigem Tag hatte die britische Regierung vor dem Sicherheitsrat der Vereinten Nationen gegen die Haltung des Iran im britisch-persischen Ölkonflikt protestiert. Auf der koreanischen Halbinsel wurde durch die Auseinandersetzungen zwischen Truppen der Demokratischen Volksrepublik Korea (Nordkorea) zusammen mit der Volksrepublik China auf der einen Seite und der Republik Korea (Südkorea) zusammen mit UNO-Truppen, vor allem den USA, auf der anderen Seite, fast die gesamte Industrie des Landes zerstört, und die Zivilbevölkerung erlitt große Verluste.

Im Jahr seiner Geburt hatte die fünfundzwanzigjährige Hildegard Knef, nur sieben Monate älter als seine Mutter, in dem Film *Die Sünderin* für Aufsehen gesorgt. Sie spielte eine Prostituierte, die sich in einen todkranken Maler verliebt und schließlich im Selbstmord endet. Eine riesige Protestwelle rollte über die Bundesrepublik, Kinos wurden belagert und boykottiert. Der Skandal um die Darstellung sittlich fragwürdiger Themen und nicht zuletzt eine winzige Nacktszene machten „die Knef" zum international gefeierten Superstar. Als die Unmutsäußerungen in Deutschland allzu heftig wurden, verließ Hildegard Knef Deutschland und floh Richtung Hollywood, wo sie ihren Triumphzug unter dem Namen Hildegarde Neff weiterführte.

Bereits 1930 war im Dachverband der US-amerikanischen Filmproduktionsfirmen ein Normenkatalog entstanden, der von 1934 bis 1966 quasi Gesetz war: Nackte Haut war ebenso tabu wie exzessive Gewalt, Drogenhandel, das Wort „Jungfrau" oder Beziehungen zwischen Weißen und Schwarzen. Die Ehe durfte nicht in Frage gestellt werden, Flüche verstummten, Küsse dauerten nicht länger als zwei Sekunden, bei Szenen auf dem Ehebett musste der Mann mindestens einen Fuß auf der Erde behalten. Und der Bösewicht kam nie ungestraft davon.

In den sechziger Jahren sorgte Ingmar Bergmans Schwesterndrama *Das Schweigen* mit damals provozierenden Szenen, darunter eine masturbierende Ingrid Thulin, noch für einen Skandal. Oswald Kolles Versuche der Sexualaufklärung waren heiß umstritten und provozierten den Stammtisch zu Forderungen, diesen Perversen doch aufzuhängen. In den Flowerpower-Zeiten der Siebziger war plötzlich alles erlaubt. Sogar ein regelrechter Porno wie *Deep Throat* war diskutabel und lockte massenweise „normales" Publikum ins Kino. Die Emmanuelle-Verfilmungen waren international enorme Erfolge. Auf der künstlerischen Ebene sorgte Bernardo Bertolucci mit *Der letzte Tango in Paris* für Furore, als er die stockende Kommunikation zwischen den Lovern Marlon Brando und Maria Schneider auf verzweifelten Sex reduzierte.

Zwar kam es, als das Werk *Im Reich der Sinne* bei der Berlinale 1976 in Berlin gezeigt werden sollte, zunächst zum Eklat, weil die Staatsanwaltschaft den Film als „harte Pornografie" beschlagnahmte. Ein Jahr später wurde er allerdings ungekürzt freigegeben und erhielt von der Filmbewertungsstelle das Prädikat „besonders wertvoll". Im Jahr 1978 kam der Film bundesweit in die deutschen Kinos. Und 1986, zwei Jahre vor der Geburt seines Sohnes, konnte man Mickey

Rourke und Kim Basinger in Hochglanzbildern beobachten, wie sie es *9 ½ Wochen* lang miteinander trie-
ben. Und bis zum Eroticthriller *Basic Instinct*, in dem
Autorin Sharon Stone den Polizisten Michael Douglas
aufs Kreuz legte, musste man nur noch einige wenige
Jährchen warten.

Soviel zu den kulturellen Veränderungen bezüglich der
filmischen Darstellung sexueller Vorgänge zwischen
seiner Geburt und der seines Sohnes. Auch in der Geburtshilfe hatte sich vieles geändert. Er war fast 37 bei
der Geburt seines Sohnes und er war händchenhaltend
live dabei, in der Praxis des Gynäkologen. Sein Vater
war gerade mal achtundzwanzig gewesen bei der Geburt seines Erstgeborenen im Elternhaus der werdenden Mutter. Gebären und Geburtshilfe war zu dieser
Zeit zumindest in den Dörfern noch Frauensache. Die
Hebammen wollten unter anderem auch deswegen die
Männer nicht dabeihaben, weil sie sich sonst auch
noch um die hätten kümmern müssen. So mancher
Mann kippt bei der Geburt aus den Latschen. Auch er
hatte als werdender Vater tapfer durchgehalten und
mitgehechelt, als aber der Arzt dann sagte, er müsse
den Dammriss nähen, wurde ihm schwarz vor Augen,
obwohl es ja eigentlich nicht um seinen Damm ging.

Ende der Siebzigerjahre hatte die Anstaltsgeburt die
Hausgeburt bis auf ein Prozent verdrängt. Doch wie
so oft in der Geschichte, es gab auch Gegenbewegun-

gen. Manche Eltern wollten sich die Erfahrung der Geburt nicht durch ein medizinisches Klima beeinträchtigen lassen. Geburten seien keine Krankheiten und gehörten nicht ins Krankenhaus, war die Parole. Es entstand die Idee von den Geburtshäusern und von ärztlich betreuten Hausgeburten. Ein Mittelding war die ambulante Geburt in der Praxis des Gynäkologen. In den Achtzigerjahren wurde dieser Trend immer deutlicher; was in den Siebzigern noch fast kriminalisiert wurde, fand immer mehr Nachfrager. So auch das werdende Elternpaar. Es war also kein für dieses Jahr typisches, aber ein durchaus im Trend liegendes Exemplar der Kategorie Geburt.

Der Vorname, den sie ihrem Sohn gaben, war allerdings wiederum ziemlich typisch für dieses Jahr – Platz zwei nach dem Spitzenreiter Jan. Höher sollte er auch nicht aufsteigen. In den Siebzigerjahren hatte er sich noch auf Platz siebzehn in den Hitlisten der beliebtesten Vornamen getummelt, war dann in den Achtzigerjahren auf Platz vier vorgeprescht, nur noch getoppt von Christian, Sebastian und Jan (das Jahrzehnt der -ians), rutschte dann in den Neunzigerjahren auf Platz sechs ab und belegte in den ersten Jahren des neuen Jahrtausends nur noch Platz dreißig. So ist das mit den Modewellen. Von der Tradition in der Familie seines Vaters, dass jeweils der Enkel den Vornamen des Großvaters erhalten sollte, erfuhr er erst später, als sein Sohn bereits erwachsen war.

Die Karls, Wilhelms, Hans' und Peters wurden nach dem Zweiten Weltkrieg langsam abgelöst von den Michaels, Thomas' und Stefans, bis seit Mitte der Siebzigerjahre die Christians dominierten, die erst in den letzten zwanzig Jahren von den Jans und Lukas' übertroffen werden. Vor zweihundert Jahren hatte sich der Kaufmann Heinrich Floris Schopenhauer genau überlegt, welchen Vornamen er seinem Sohn geben würde, für den er den in seiner Familie traditionellen Kaufmannsberuf vorgesehen hatte. Der Vorname Arthur war für einen international tätigen Kaufmann deshalb so geeignet, weil er im Englischen, Deutschen und Französischen gleichermaßen bekannt und einfach auszusprechen war.

Solch weitreichende Überlegungen waren den jungen Eltern fremd, sie machten sich weder Gedanken über den zukünftigen Beruf noch über die Aussprechbarkeit des Vornamens in verschiedenen Sprachen, wichtig war ihnen nur, dass der Namensträger gesund ist. Die Fruchtwasseruntersuchung bereits vor dem dritten Schwangerschaftsmonat war in diesen Jahren ein üblicher Versuch, den durch Statistiken geschürten Ängsten vor Missbildungen durch objektive Daten gegenzusteuern. Als ob man dadurch die Urängste einer werdenden Mutter mildern könnte.

Neuere Forschungen sprechen für ein anderes: Während vielleicht die Mütter kurzzeitig beruhigt sind, konnte inzwischen belegt werden, dass in der Warte-zeit vor einer Amniozentese die Föten aktiver sind als vor einer seit den Sechzigerjahren eingesetzten routi-nemäßigen Ultraschalluntersuchung. Ungeborene rea-gieren auf die Einführung von Nadeln in das Frucht-wasser mit deutlichen Stresssymptomen. Nach der Fruchtwasserentnahme erstarren manche Föten wie in einem Angst- oder Schockzustand; der Herzschlag nimmt zu und fällt dann ab, manchmal kommt es auch zu einem Verlust der Schlag-zu-Schlag-Frequenz. Laut manchen Studien verringern sich die Atembewegun-gen des Fötus drastisch und erreichen manchmal erst nach mehreren Tagen wieder die frühere Häufigkeit.

„Ouh," hatte die Hebamme gesagt, „das ist einer von der Sorte, die keine Veränderungen mag." Und das zehn Minuten nach der Geburt, als sie ihn badete und wickelte. Und sie sollte recht behalten. Ob es das Ab-stillen betraf, das nur möglich war, wenn der Vater kurz vor der zu erwartenden Stillzeit mit dem Säugling auf dem Arm einen langen Spaziergang weit weg von der Mutterbrust machte und unterwegs einen Keks, einen Apfel oder ein Gläschen Brei verfütterte. In der Sicht- oder Riechweite der Mutterbrust war diese Um-stellung schlicht nicht möglich. Oder als es um das Weglassen der Nachtwindel ging, die morgens schon seit langem trocken war, aber abends dennoch immer angelegt werden musste, für den Fall des Falles. Der kleine Windelträger kämpfte darum, die Veränderung hinauszuzögern, erklärte sich nach langen Verhandlungen an seinem dritten Geburtstag (der, wie gesagt, im Winter liegt) bereit dafür, „wenn die Blumen blühen". Als die Eltern ihm dann im Garten das leuchtende Rot und Gelb der Tulpen zeigten, schüttelte der Sohn den Kopf und zeigte auf den Platz im Garten, wo die Astern zu erwarten waren.

Oder als es um den Beginn des Kindergartenbesuchs ging: Sprachlich hatte er schon Konditionalsätze drauf, als Gleichaltrige noch mit Dreiwortsätzen rangen. „Wann beginnt denn der Kindergarten?" fragte er am Abend vorher noch. „Um neun Uhr", war die ihn keineswegs beruhigende Antwort. „Und wenn ich verschlafe?" Seit langem wachte er regelmäßig morgens um sechs Uhr auf. Der Versuch, ihn abends später ins Bett zu bringen, damit die Nacht vielleicht für die Eltern ein bisschen länger würde, führte eher zum gegenteiligen Effekt: dann wachte er halt um kurz nach fünf auf. Die beruhigend gemeinte Antwort war folglich: „Du verschläfst schon nicht. Wir kommen rechtzeitig zum Kindergarten." Es gehört zu den immer wieder gern erzählten Familienstorys, dass gerade an diesem ersten Kindergartentag erst kurz vor neun Uhr leichte Anzeichen seines Aufwachens bemerkbar waren, die prompt von den Eltern für ein sanftes Wecken genutzt wurden. Nie wieder vorher oder nachher hatte er so lange geschlafen.

Vielleicht liegt das erhöhte Bedürfnis nach Stabilität ja doch in den Genen. Die Ahnenreihe des Großvaters mütterlicherseits zumindest lässt sich bis mindestens 1555 zurückverfolgen; das muss man sich mal überlegen, das war die Zeit zwischen Kopernikus und Galileo, die Zeit, in der Nostradamus seine „Centurien" schrieb, noch vor Shakespeare, über zweihundert Jahre vor Goethe. Alle Generationen lebten ausnahmslos in einem von zwei kleinen Dörfern in der Rhön. Aber was können Eltern schon tun, um ihrem Sohn die benötigte Stabilität zu vermitteln? Okay, sie können Umzüge vermeiden, einen regelmäßigen Tagesablauf etablieren, anstehende Veränderungen mental vorbereiten, aber was ist das alles gegen die großen Veränderungen hinter dem Horizont und über den Bergen, die sich oft unbemerkt vollziehen und in ihrer Bedeutung erst nach Jahren oder Jahrzehnten einzuschätzen sind.

Oder wer hätte wohl im Jahr 1975 daran gedacht, dass die Gründung des Unternehmens Microsoft durch Bill Gates und Paul Allen die Welt revolutionieren würde. Und das war gerade erst dreizehn Jahre her. Und wer hätte in den Sechzigerjahren geahnt, dass das „Netz", das ursprünglich gebaut worden war, um einige Forschungscomputer miteinander zu verbinden, seinen durchschlagenden Erfolg schließlich seiner nicht vorhergesehenen Fähigkeit verdankte, Menschen miteinander in Kontakt zu bringen, und damit bis zur Jahrtausendwende Freizeitverhalten, Kommunikationsverhalten bis hin zum Paarungs- und Datingverhalten der gesamten industrialisierten Menschheit prägen sollte.

Wie sollte ein Sohn, der in seiner Jugend im Netz chattete und mit Webcam, Skype und Handy aufwuchs, sich je vorstellen können, dass sein Vater als Jugendlicher mit einem Stapel Groschen vor der einzigen öffentlichen (gelben) Telefonzelle des 2600-Seelen-Dörfchens anstehen musste, um mit seinem Schwarm im Nachbardorf zu telefonieren, vorausgesetzt, dieser Schwarm hatte im Elternhaus schon einen der seltenen Telefonapparate, und Apparat war damals noch wörtlich gemeint, groß, schwarz und mit runder elektromechanischer Wählscheibe. Die Einheit für ein Ortsgespräch kostete zwanzig Pfennig, bei Ferngesprächen (über die Ortsgrenze hinaus) rauschten die Zehner schnell durch den Schlitz.

In den 37 Jahren zwischen seiner eigenen Geburt und der Geburt seines Sohnes hatte sich einiges geändert, in Deutschland und in der Welt, nicht linear, sondern eher in Pendelbewegungen: Am Tag seiner Geburt hatte der Ost-Berliner Magistrat auf Anordnung der sowjetischen Kontrollkommission die zwischen den Stadthälften errichteten Barrikaden wieder abgebaut. Mit dieser Geste der Entspannung sollte, wie Beobachter glaubten, ein günstiges Klima für die von der DDR-Führung gewünschten gesamtdeutschen Wahlen geschaffen werden. Doch diese sollten erst knapp drei Jahre nach der Geburt seines Sohnes stattfinden.

Drei Jahre nach seiner eigenen Geburt, im Geburtsjahr von Angela Merkel, hatte die UNESCO in einer Resolution, die sie drei Jahre vor der Geburt seines Sohnes wiederholte, das Esperanto unterstützt, indem sie die Mitgliedstaaten dazu aufforderte, die Möglichkeiten des Gebrauchs dieser Kunstsprache zu untersuchen. Für die Esperanto-Sprachgemeinschaft waren die Jahre um die Geburt seines Sohnes herum ein bedeutender Übergang, vor allem durch die politischen Veränderungen in Osteuropa, Afrika und auch der Volksrepublik China. Auf dem Weltkongress in Polen ein Jahr vor der Geburt seines Sohnes hatten sich fast sechstausend Teilnehmer getroffen. Der chinesische Bund der Esperantisten hatte sich vor acht Jahren dem Weltbund angeschlossen und vor zwei Jahren hatte es in Peking einen Esperanto-Weltkongress mit mehr als zweitausendfünfhundert Teilnehmern gegeben, einen weiterer wird es dort geben, wenn sein Sohn sechzehn Jahre alt ist. Der Weltkongress in Berlin im elften Lebensjahr seines Sohnes wird von knapp zweitausendsiebenhundert Teilnehmern besucht werden.

Im Jahr seiner eigenen Geburt hatte der Weltkongress in München stattgefunden, mit gut zweitausend Teilnehmern. Der Nobelpreis für Physiologie/Medizin war in jenem Jahr an Max Theiler für die Entwicklung eines Impfstoffes gegen Gelbfieber vergeben worden. Im Jahr der Geburt seines Sohnes war der Grund für die Vergabe viel allgemeiner und theorieorientierter: „... for the discoveries of important principles for drug treatment". In diesen 37 Jahren waren die, wie Alfred Nobel es in seinem Testament formuliert hatte, „wichtigsten Entdeckungen in der Domäne der Physiologie oder Medizin" die Entdeckung des Streptomycins, des ersten Antibiotikums gegen die Tuberkulose, des Coenzyms A, des Zitronensäurezyklus, der Natur und Wirkungsweise der Oxydationsenzyme, der Hormone und der Viren, der Gene und der RNS und DNS. Die Entwicklung der Computertomographie war ebenso einen Nobelpreis wert wie die Entdeckungen zur funktionellen Spezialisierung der Gehirnhemisphären durch den amerikanischen Neurobiologen Roger Wolcott Sperry, der zehn Jahre vor seinem Vater geboren und zwölf Jahre nach ihm gestorben war. Als Sperry den Nobelpreis erhielt, lag sein Vater delirierend im Krankenhaus, trotz verbundener Hirnhemisphären.

In der Chemie war wohl der Beitrag von Ilya Prigogine zur irreversiblen Thermodynamik, insbesondere zur Theorie der „dissipativen Strukturen" von großer Bedeutung. Prigogine war fünf Jahre älter als sein Vater und überlebte ihn um zwanzig Jahre. Er erhielt den Nobelpreis im Alter von sechzig Jahren, sein Vater starb bereits mit neunundfünfzig. In der Physik lag der

Schwerpunkt der neuen Erkenntnisse bei Pionierarbeiten auf dem Gebiet der Atomkernumwandlung durch künstlich beschleunigte atomare Partikel und der Entdeckung des Antiprotons. Das klassische Bohrsche Atommodell wurde durch neue Begriffe und Klassifizierungen der Elementarteilchen und deren Wechselwirkungen revolutioniert. Dies sind wohl die größeren Schlachten, die zeitgleich hinter dem Horizont stattfinden. Als er achtzehn wurde (zu der Zeit noch nicht volljährig, da das Volljährigkeitsalter erst 1975 in der BRD auf achtzehn herabgesetzt wurde, anders als in der DDR, in der dies bereits seit seiner Geburt der Fall war), verlieh die Schwedische Reichsbank anlässlich ihres 300-jährigen Bestehens erstmals einen Preis im Gedenken an Alfred Nobel für Wirtschaftswissenschaften.

In seiner frühen Kindheit herrschte im Wirtschaftswunderland Deutschland noch Arbeitskräftemangel, der Lohnsteigerungen und Anwerbeabkommen für Gastarbeiter nach sich zog. Die Arbeitswoche hatte sechs Tage mit insgesamt achtundvierzig Stunden. Als er fünf Jahre alt war, erkämpfte die Gewerkschaft die Fünftagewoche, sodass ab diesem Datum Vati samstags ihm gehörte, theoretisch zumindest, sofern er nicht bei irgendeinem Nachbarn „schwarz" arbeitete, um den mageren Lohn aufzubessern. In seiner Jugend und Adoleszenz wurde dann sogar die 40-Stunden-Woche eingeführt, aber er erlebte auch gleichzeitig die wirtschaftliche Rezession, die Ölkrise und die folgende strukturelle Arbeitslosigkeit. Kurz vor der Einschulung seines Sohnes sollte schließlich sogar die 35-Stunden-Woche kommen. Danach ging es jedoch wieder aufwärts mit der Arbeitszeit.

Als Steppke, noch vor seinem Kindergartenbesuch, hatte er das „Wunder von Bern" miterlebt, das gelegentlich als „die eigentliche Geburtsstunde der Bundesrepublik Deutschland" bezeichnet wird. Auf dem Bolzplatz identifizierte er sich mit Helmut Rahn, sechs Jahre jünger als sein Vater, der das entscheidende Tor schoss, gelegentlich auch mit Uwe Seeler, dreizehn Jahre jünger als sein Vater. Der Sportplatz von Glattbach war gebaut worden, als sein Vater in die Schule kam, allerdings in Gailbach, gerade mal zehn Kilometer entfernt. Gailbach hatte zu diesem Zeitpunkt zirka sechshundert Einwohner, keine Poststelle, keine Kanalisation, aber eine Turnhalle, einen Turn- und Sportverein und einen Athletenclub, der die Ringer organisierte. Glattbach hatte damals schon ein eigenes Elektrizitätswerk und ein Spritzenhaus, knapp 1200 Einwohner und war eine eigene Pfarrei, bei seiner Geburt waren es bereits über 1800, bei der Geburt seines Sohnes 3200.

Vor seiner eigenen Jugendphase gab es in den USA und etwas zeitversetzt auch in Deutschland das Phänomen der „Halbstarken" und den Rock 'n' Roll, den

Babyboom und den Pillenknick, den Contergan-Skandal, den ersten Raumflug eines Menschen und den Bau der Berliner Mauer, die Kuba-Krise und die Elbeflut. In der ARD wurde die *Familie Hesselbach* und erstmals das später legendäre *Dinner for one* ausgestrahlt und die Ermordung John F. Kennedys übertragen. Seine Pubertät wurde begleitet von den Kult-Fernsehserien *Fury*, *Lassie* und *Bonanza* und den *Winnetou*-Filmen im Kino; sein Musikgeschmack geprägt von den Beatles, Kinks, Stones und Hollies. Er war gemeint, wenn The Who von *My Generation* stotterten und die Doors die Parole vertraten *Break on through to the other side*. Auf seinem ersten Philips-Kassettenrecorder dudelte, wenn die Batterien es noch machten, unentwegt *Zip-a-dee-doo-dah* von den Rattles oder *Poor boy* von den Lords.

Während seiner Zeit als Schüler auf dem Gymnasium fand nicht nur das Zweite Vatikanische Konzil statt, sondern auch der Vietnamkrieg, der die Friedensbewegung in den USA und auch in Europa beflügelte und der Studentenbewegung und ihren gewaltbereiten Auswüchsen ihre Legitimation gab. In nur wenigen Jahren, der zweiten Hälfte der Sechzigerjahre, als er noch Algebra, Biologie, Chemie, Deutsch, Erdkunde, Französisch und Geometrie büffelte und von der *Bravo* über die erste Deutschlandtournee der Rolling Stones informiert wurde, kam es zur Großen Koalition und der Außerparlamentarischen Opposition (APO) in

Deutschland, zur Kulturrevolution in China, zum Sechstagekrieg in Israel, dem Prager Frühling, der ersten Mondlandung und dem Woodstock-Festival im Bundesstaat New York. Malcolm X, Ernesto Che Guevara, Martin Luther King, Robert F. Kennedy wurden ermordet und die Beatles trennten sich, Willy Brandt fiel in Warschau auf die Knie und erhielt dafür den Friedensnobelpreis. Sein eigener kleiner Beitrag zum Frieden war die Wehrdienstverweigerung. Zur Zeit seines Ersatzdienstes wurde Heinrich Böll der Literatur-Nobelpreis verliehen.

Seine Studentenzeit - er hatte die Erwartungen seiner Oma enttäuscht und statt eines Theologiestudiums den neu konzipierten Studiengang Diplompädagogik gewählt - war geprägt von der Watergate- und der Guillaume-Affaire, also von den Rücktritten von Willy Brandt und Richard Nixon, dem 37. (!) Präsidenten der Vereinigten Staaten, dem Ende des Vietnamkriegs und dem Beginn der Umweltschutz- und Atomausstiegsbewegung, der *Rocky Horror Picture Show* und dem deutschen Herbst, der Gründung der Grünen und der taz, den Hippies und Bhagwan, Brokdorf und Startbahn-West. Eher unbemerkt war der Beginn der PC-Revolution mit der Entwicklung der Apple-Computer und den Erfolgen der ersten Generation der Videospiele. Rollenspiele wie *Dungeons & Dragons*, *Midgard* und *Das Schwarze Auge* kamen groß in Mode. Im Kino jagte Pat Garrett Billy the Kid, Harold tanzte mit

Maude, Marlon Brando tanzte den letzten Tango in Paris, Jack Nicholson flog übers Kuckucksnest, Woody Allen gab den Stadtneurotiker und Kramer kämpfte gegen Kramer. In Venedig trugen die Gondeln Trauer und der weiße Hai hatte eine Begegnung der dritten Art mit Rocky I.

Seine ersten Berufserfahrungen sammelte er, als John Lennon in New York erschossen wurde, in Polen die Gewerkschaft Solidarność gegründet wurde, die sowjetischen Truppen in Afghanistan einmarschierten und der erste Golfkrieg begann. Gleichzeitig wurde AIDS als epidemische Krankheit erkannt, und die Sexualität wurde zum angstbesetzten Thema. Roger Sperry wurde für seine Forschungen mit Split-Brain-Patienten mit dem Nobelpreis für Physiologie/Medizin ausgezeichnet. Der Walkman und der Ghettoblaster prägten die öffentliche Szene, Aerobic die Fitness-Center, CDs verdrängten zunehmend Schallplatten und Compactcassetten, BMX-Fahrräder lösten das Bonanzarad ab. Madonna startete ihre Weltkarriere und Helmut Kohl wurde deutscher Bundeskanzler, Richard von Weizsäcker Bundespräsident und Michail Gorbatschow Generalsekretär der KPdSU. Glasnost und Perestroika begleiten ihn ebenso wie das Challengerunglück und das Reaktorunglück von Tschernobyl, als er heiratete, und die Barschel-Affäre fand statt, als sein Sohn unterwegs war. Nach dessen Geburt veröffentlichte Salman Rushdie *Die satanischen Verse*, worauf es zu Demonstrationen und einem Mordaufruf in Form einer „Fatwa" des iranischen Revolutionsführers Chomeini kam. Bis zur ersten Autobombe auf das World Trade Center sollte es noch fünf Jahre dauern, bis zur endgültigen Zerstörung der Twin Towers durch islamistische Terroristen noch einmal acht Jahre.

Im Sommer dieses Jahres, in dem er 37 Jahre alt wurde, dem Geburtsjahr seines Sohnes, fiel in der 89. Minute der 2:1-Siegtreffer gegen die deutsche Mannschaft, der für die Niederlande den Einzug ins Finale dieser Fußball-Europameisterschaft bedeutete. Dieser Sieg führte zu einer nationalen Euphorie in den Niederlanden: Schätzungen zufolge befanden sich danach neun der damals fünfzehn Millionen Niederländer auf der Straße und feierten die Genugtuung, gegen den Rivalen Deutschland das verlorene WM-Finale von 1974 gerächt zu haben. Vielleicht auch die Genugtuung, auf dem Spielfeld den Gegner besiegt zu haben, der im Zweiten Weltkrieg ihr Land überfallen und besetzt hatte.

Den Zweiten Weltkrieg, zu dem sich sein Vater mit siebzehn Jahren freiwillig gemeldet hatte. Mit siebzehn Jahren! Freiwillig! In den Krieg! Er selbst war als Siebzehnjähriger noch nicht einmal langhaarig, und seine Politisierung sollte noch einige Jahre auf sich warten lassen. Bislang lebte er im naiven Zustand der Gnade seiner späten Geburt, er feierte Faschingspartys im

Keller seines Elternhauses, der Partykeller lag übrigens direkt unter dem Schlafzimmer seiner Eltern, sodass seine Mutter spätestens um dreiundzwanzig Uhr im Nachthemd auftauchte und darauf hinwies, dass sie doch die Party beenden sollten, weil der Papa morgen früh raus und daher schlafen müsse.

In dem Alter, als sein Vater sich freiwillig in den Krieg gemeldet hatte, hörte er selbst Sgt. Pepper von den Beatles und Jumpin' Jack Flash von den Stones. Am elften Dezember 1968 fand in London der *„Rolling Stones Rock and Roll Circus"* statt. Es war eine Show, die für das Fernsehen aufgezeichnet wurde. Zu dieser Show hatten die Stones unter anderem John Lennon, The Who, Jethro Tull und Taj Mahal eingeladen. Die Show wurde durch Feuerschlucker und Artisten ergänzt. Die Rolling Stones entschieden sich gegen die Ausstrahlung der Sendung, da sie mit ihrem eigenen Auftritt nicht zufrieden waren. Erst 1995 wurde das Projekt auf CD und DVD veröffentlicht, da war sein Sohn bereits ein Schulkind und er vierundvierzig. Fast so alt wie sein Vater, als er selbst siebzehn war.

Mit siebzehn feierte er mit seiner Clique eine „Schonungsparty", die ihren Namen daraus bezog, dass einer aus der Clique in einer Fichtenschonung sein erstes sexuelles Erlebnis hatte und bei der Zigarette danach einen Waldbrand auslöste, der sogar die Feuerwehr anrücken ließ. Eine Variante der verbrannten

Erde in Friedenszeiten. Oft musste er daran denken, wenn er seine Erlebnisse mit dem Lebenslauf seines Vaters verglich. Das Dritte Reich war nach sechs Jahren Krieg beendet worden. Die Deutschen besiegt oder befreit, je nach Perspektive. Sein Vater kehrte als Sechsundzwanzigjähriger aus der Kriegsgefangenschaft zurück, im Jahr, in dem die Bundesrepublik Deutschland gegründet wurde. Zwei Jahre danach wurde dem Sohn des Kriegsheimkehrers die Gnade der späten Geburt zuteil. Und er sollte sicher die Phantasien der Eltern über den Sohn erfüllen, die wie man sagt, oft aus eigenen Frustrationen geboren sind.

In den neun Jahren zwischen siebzehn und sechsundzwanzig, die sein Vater im Krieg und in Kriegsgefangenschaft verbracht hatte, konnte er im Frieden die Oberstufe des Gymnasiums besuchen, sich lange Haare wachsen lassen, statt des Bundeswehrdienstes seinen Ersatzdienst im Krankenhaus und in einem Kinderheim absolvieren, einen Auto- und sogar einen Motorradführerschein erwerben, sein Pädagogikstudium abschließen und in den Ferien ferne Länder bereisen – Irland, Israel, Türkei, Iran, Afghanistan, Pakistan, Indien, Länder also, die in der Mehrzahl wenig später von Kriegen und Revolutionen heimgesucht wurden, sofern man bei Kriegen und Revolutionen von Heimsuchung sprechen kann.

Und in den elf Jahren zwischen sechsundzwanzig und 37 (!), zwischen seinem Studienabschluss und der Geburt seines Sohnes, hatte er sich in mehreren Beziehungen erproben, an Beziehungskrisen und –trennungen reifen können, bis er sich schließlich für die (zwei Jahre ältere) Frau entschied, die er dann auch mit fünfunddreißig Jahren heiraten sollte. Durchaus ein typisches Heiratsalter für akademisch Gebildete in den 1980er-Jahren. Seit Mitte der 1970er-Jahre hat sich in Mitteleuropa das durchschnittliche Heiratsalter für Ledige bei beiden Geschlechtern stark erhöht. In Deutschland lag es 2008 bei dreiunddreißig Jahren (Männer) bzw. dreißig Jahren (Frauen). Vor 1900 hatte das mittlere Heiratsalter bei Männern bei siebenundzwanzig Jahren gelegen, wobei die Hälfte der Akademiker im Alter von über dreißig Jahren eine Frau um die zwanzig heiratete. Sein Vater war bei der Heirat mit seiner drei Jahre jüngeren Frau siebenundzwanzig gewesen, seine Großväter neunundzwanzig bzw. dreiundzwanzig, die Ehefrauen drei bzw. ein Jahr jünger, seine Urgroßväter jeweils fünfundzwanzig und die Ehefrauen ein Jahr jünger.

Im Unterschied zu seinem Vater und seinen beiden Großvätern zog er bei der Hochzeit nicht ins Dorf seiner Frau, sondern ließ sich mit ihr in der Stadt nieder, in der sie beide studiert hatten, beide als erste ihrer Sippen weit entfernt von ihren Elternhäusern. Sie bezogen eine gemeinsame Wohnung, die Merkmale der zwei Wohnsituationen vereinte, in denen sie vor ihrem Kennenlernen gelebt hatten: U-Bahn-Anschluss und Gartenanteil. Aus Hausnummer 19 im Hintertaunus und Hausnummer 20 in Frankfurt-Bornheim wurde Hausnummer 21 in Frankfurt-Hausen.

Er konnte als Dreißigjähriger seine zukünftige Frau seinem Vater gerade noch vorstellen, als dessen Körper komatös im Frankfurter Nordwest-Krankenhaus lag, seine Seele sich im Delir aber im Gailbacher Gasthaus zur Traube, der Stammkneipe seiner Jugend, wähnte. Oder auf dem Glattbacher Fußballplatz, wo er seinem Sohn beim Fußballspiel zugesehen hatte. An seinem Hochzeitstag lebte sein Vater schon nicht mehr. Auch die Geburt seines Enkels sollte er nicht mehr erfahren. Genauso wenig wie dieser Enkel seinen Opa väterlicherseits kennen lernen sollte. Und dessen Vornamen er entgegen der Familientradition auch nicht tragen sollte. Den Opa, der in den elf Jahren zwischen sechsundzwanzig und 37, soeben aus der Kriegsgefangenschaft zurückgekehrt, als Siebenundzwanzigjähriger heiratete, ein Jahr danach stolzer Vater eines Sohnes wurde, ein Haus baute, einen Baum pflanzte, eine eheliche und später eine uneheliche Tochter zeugte und an seinem zehnten Hochzeitstag bereits getrennt von seiner Familie lebte. Sicherlich litt unter dieser Trennung nicht nur der Vater, sondern auch der Sohn, der damit psychologisch gesehen das Schicksal der allzu vielen vaterlosen Söhne teilte, deren

„verfrühter ödipaler Triumph" sie zu Muttersöhnen prädestinierte. Und es war sicher eine Gegenbewegung, dass dieser Sohn sich später, als er selbst Vater wurde, bemühte, seinen Sohn eher zu einem Vatersohn zu machen.

Am seinem zweiten Hochzeitstag bezwangen die Niederlande im Endspiel in München die Sowjetunion und wurden Europameister. Man kann aber nicht behaupten, dass das junge Ehepaar sich sehr dafür interessiert hätte, schließlich waren sie vollauf damit beschäftigt, den gerade mal sechs Monate alten Sohn ans regelmäßige Essen und Schlafen zu gewöhnen. Damit auch sie selbst endlich wieder regelmäßig essen und schlafen könnten. Am Ende dieses Jahres hielt sich Bobby McFerrin zehn Wochen lang in den Hitparaden auf Platz eins mit seinem Ohrwurm *Don't worry, be happy*. Und ein Jahr später fiel in Berlin die Mauer, in den USA brachte die Maxis Company das Simulationsspiel *Sim City* auf den Markt und Bernhard Wicki erhielt für seinen Film *Die Brücke* ein weiteres Mal das Filmband in Gold des Deutschen Filmpreises.

Kapitel 2

Donnerstag, 29.9.1960, Glattbach

Hammer (oder Sichel), Rose (oder Nelke) und Geige (oder Gitarre). Der neunzehnjährige gelernte Geflügelfleischverkäufer Chubby Checker setzte mit seinem Titel *The Twist* den Siegeszug dieses neuen Modetanzes in Gang, und der dreiundvierzigjährige John F. Kennedy wurde in diesem Jahr mit einem äußerst knappen Wahlsieg über seinen Konkurrenten Richard Nixon zum fünfunddreißigsten Präsidenten der Vereinigten Staaten von Amerika gewählt. Und das typische Exemplar in der Kategorie Auto ist ein VW Käfer, am besten in blau. Dieses von 1938 bis 2003, also fünfundsechzig Jahre lang, produzierte Automodell war bis Juni 2002 mit über 21,5 Millionen Exemplaren das meistverkaufte Automobil der Welt, bis es diesen Titel an seinen Nachfolger, den VW Golf, weitergab. Mitte 1960 wurden die Winker durch Blinker ersetzt und das beliebte „Golfblau" löste die lange angebotenen Grautöne ab.

Das Leben erschien ihm an diesem Donnerstagabend, dem neunten Geburtstag seines Sohnes, doch sehr in Grautönen. Er fuhr kein Auto, hatte keinen Führerschein, kein Blinker hatte ihn gewarnt, wie schnell sich die Richtung des Lebens verändern kann. Und er saß mit Sicherheit nicht am Steuer seines Lebens. Hatte er das jemals? In diesem Jahr saß er oft bis spät in die Nacht grübelnd am Küchentisch, die Flasche Bier vor sich, die Zuban zwischen den gelben Fingern. Aus dem Röhrenradio (Transistorradios waren gerade erst erfunden worden, aber noch nicht in jedem Haushalt angekommen) kam rauchig-verrucht Lolitas Stimme: „Seemann, deine Heimat ist das Meer". Er wusste es besser: Das Meer ist keine Heimat, sondern ein lebensgefährliches Monster. Er hatte es erlebt, vor siebzehn Jahren, als Zwanzigjähriger. Wenn das Schiff untergeht und man sich nur noch durch Schwimmen retten kann, sollte zumindest Land in der Nähe sein. Das muss noch nicht mal das Heimatland sein. Das Land des Kriegsgegners tut es auch, Hauptsache Festland.

Mit siebzehn hatte er sich freiwillig in den Krieg gemeldet, er war körperlich fit, sportlich, ein guter Boxer, zur Marine wollte er. Sein Vater hatte bereits als Neunzehn- bis Dreiundzwanzigjähriger den Ersten Weltkrieg mitgemacht und war, als der Zweite begann, mit vierundvierzig in den Polizeidienst gegangen, seine beiden älteren Brüder, beim Beginn des Kriegs zwanzig und achtzehn Jahre alt, meldeten sich zur Wehrmacht, warum also nicht auch er. Die Mutter blieb mit seiner erwachsenen und der pubertierenden Schwester und den drei kleinen Brüdern an der Heimatfront, dem kleinen Dörfchen mit 750 Einwohnern, zurück.

Kaum vorzustellen, drei Söhne an der Front zu wissen, drei weitere Söhne im schulfähigen Alter durchbringen zu müssen. Offensichtlich, dass dies nur durch die Mithilfe seiner beiden Schwestern möglich war. So weit zur Kategorie der geschlechtsspezifischen Rollenaufteilung.

Was hätte er mit siebzehn denn zuhause gesollt, wenn es sowieso nichts zu verdienen gab, ohne Arbeit, ohne berufliche Perspektive. Seine Lehre, wenn man das so nennen wollte, hatte er im väterlichen Tüncherbetrieb absolviert. Das war Familientradition, denn auch sein Vater hatte in seiner Jugend, zusammen mit dem sechs Jahre jüngeren Bruder, im väterlichen Weißbinderbetrieb gearbeitet, beim Großvater, dessen Vornamen er bekam. Eigentlich hätte er lieber bei der Mutter schneidern gelernt, aber alle Söhne mussten dem Vater helfen, auch wenn der Betrieb zu wenig abwarf, was letztlich dem weichen Herz des Betriebsinhabers anzulasten war. Wenn seine Frau ihn aufforderte, doch endlich das Geld bei den Kunden einzutreiben, zuckte er manchmal mit den Schultern: „Die ham doch noch wenischä wie mir." So lebten sie oft von dem wenigen, das die Mutter mit ihrer Schneiderei erwirtschaftete. Acht Kinder und ein Haus, das für alle offen stand. Für die drei jüngeren Brüder war die große Schwester die eigentliche Mutter. Der zweite Sohn, sein Bruder mit dem schönen Geburtsdatum 2.2.22, kam nicht aus dem Krieg zurück, er selbst, der dritte Sohn, war erst

mit sechsundzwanzig Jahren nach fünfjähriger Kriegsgefangenschaft zurückgekommen, als die Bundesrepublik gegründet wurde.

Der Zweite Weltkrieg hatte ihm die Jahre zwischen
siebzehn und sechsundzwanzig geraubt, wie so vielen
seiner Generation, wobei die Zugehörigkeit zu dieser
Generation sich nicht nur am Geburtsjahr bemaß,
sondern, wie Karl Mannheim es erläutert hat, an der
Verarbeitung einer gemeinsamen Erfahrung in der
Geschichte. Seinen Vater hatte der Erste Weltkrieg
auch vier Jahre gekostet, die Jahre zwischen neunzehn
und dreiundzwanzig. Mit sechsundzwanzig allerdings
war sein Vater schon verheiratet und sein drittes Kind
war unterwegs. Er selbst, das vierte Kind, war noch in
dem kleinen Dörfchen Lauter, damals ungefähr neunhundert Einwohner, in der Rhön geboren worden, als
dritter Sohn des Tagelöhners, der sein Vater damals
noch gewesen war. Am letzten Dienstag im August,
genau 174 Jahre nach Johann Wolfgang Goethe und
nur anderthalb Jahre nach seinem Bruder. Der US-
Dollar hatte an jenem Tag den Kurswert von 6,3
Millionen Mark erreicht. Er erhielt den Vornamen
seines Großvaters, der mit zweiundachtzig Jahren
starb, kurz bevor sein gleichnamiger Enkel neunzehn
Jahre alt wurde, während des Zweiten Weltkriegs. Mit
dieser Namensgebung war die Erwartung verbunden,
dass er seinem Sohn dereinst mal den Namen seines
Vaters geben würde, sodass immer Großvater und

geben würde, sodass immer Großvater und Enkel denselben Namen tragen.

Nicht bedacht war bei dieser Sitte, die es übrigens auch in der Sippe der zu Guttenbergs gab, dass sich Vornamenmoden ändern: Im Geburtsjahr seines Vaters war dessen Vorname durchaus noch üblich, laut der Gesellschaft für deutsche Sprache sogar der beliebteste männliche Vorname am Ende des 19. und im ersten Drittel des 20. Jahrhunderts, laut einer anderen Statistik im Geburtsjahr seines Vaters an zwölfter Stelle der beliebtesten Vornamen. Dieser Rang sank jedoch kontinuierlich, zwanzig Jahre später war es noch Rang zwanzig, vierzig Jahre später einundfünfzig, und als der Enkel getauft wurde, lag der Vorname auf Platz vierundsechzig. Zehn Jahre später sollte es Platz 123 sein. Bald nach seiner Geburt waren sie von Lauter mit seinen neunhundert Einwohnern nach Gailbach, in das zweiundachtzig Kilometer entfernte Dorf der Mutter mit damals etwa sechshundert Einwohnern, gezogen, hatten sich dort eine Existenz aufgebaut, bei der die Kinder alle als Arbeitskräfte mitarbeiten mussten.

Eine kritische Debatte über Kinderarbeit gab es in seiner Kindheit und Jugend noch nicht. Am Vormittag ging man zur Schule, die Klassenstärke lag bei etwa fünfzig bis sechzig, enge Bänke, die Mädchen rechts, die Jungen links, am Nachmittag wurde gearbeitet oder in der Familie mitgeholfen. Wenn es hochkam, konnte man in einem Verein ein oder zweimal die Woche trainieren. Die meisten entschieden sich für Leichtathletik, Turnen, Ringen, auch Handball, Fußball und Faustball waren beliebt, sein Hobby war Boxen gewesen. Max Schmeling, der gestern, einen Tag vor dem neunten Geburtstag seines Sohnes, seinen fünfundfünfzigsten Geburtstag gefeiert hatte, war sein Idol gewesen, er hatte den „Fight des Jahrhunderts" am Radio verfolgt, Fernsehen gab es damals ja noch nicht. Das war vor vierundzwanzig Jahren, und er war dreizehn gewesen, als der „Ulan vom Rhein" den „braunen Bomber" in der zwölften Runde K. o. schlug. Dass dieser braune Bomber zwei Jahre später sein Idol Max Schmeling bereits in der ersten Runde mehrfach zu Boden schickte, war nur Ansporn, es mal besser zu machen.

Da orientierte er sich ganz einfach an seinem Namensvetter Sepp Herberger, der zwei Jahre jünger als sein Vater war. Herberger hatte Berufung gegen eine lebenslange Sperre eingelegt, und er hatte es geschafft, dass seine Sperre auf ein Jahr begrenzt wurde. Herberger war als Fußballspieler in seiner Kindheit bekannt gewesen und wurde für zahlreiche Auswahl- und mehrere Länderspiele berufen. Zum Höhepunkt seiner Karriere wurde aber die Weltmeisterschaft vor sechs Jahren. Er war der Verantwortliche für das „Wunder von Bern" gewesen und sein Spruch „das nächste

Spiel ist immer das schwerste" gehört zu den geflügelten Worten jedes Sportlers.

Man sagt, der Musikgeschmack bildet sich im Alter zwischen dreizehn und siebzehn heraus und bleibt im Grunde dann das ganze Leben unverändert. Während sein Sohn in diesem Lebensabschnitt die Beatles und Stones hören und in zunehmend englischsprachigen Texten auf San Francisco, Massachusetts, California und Woodstock ausgerichtet sein wird, war sein Musikgeschmack von den Comedian Harmonists, Heinz Rühmann, Hans Albers, Zarah Leander, Lale Andersen und Ilse Werner geprägt worden. Der Rundfunk war von den Nazis verstaatlicht worden und die Hörerzahlen stiegen von rund vier Millionen Anfang 1932 auf über zwölf Millionen Mitte 1939. In den Schlagern wurde sehnsüchtig von der Liebe der Matrosen, der Reeperbahn nachts um halb eins und, unter der Laterne, der feschen Lola und der schönen Liebe im Hafen gesungen, von der ein Seemann nicht erschüttert werden konnte, wie man überhaupt nur nicht aus Liebe weinen sollte. Man war von Kopf bis Fuß auf Liebe eingestellt und sollte sich in acht nehmen vor blonden Frau'n, obwohl man, ob blond, ob braun, alle Frauen liebte.

1940 hatte sich Max Schmeling ja freiwillig zur Wehrmacht gemeldet, mit fünfunddreißig Jahren. Als er selbst mit siebzehn dasselbe tat, war sein Idol bereits aufgrund einer Verletzung „nicht-kv" geschrieben und wurde Ostern 1943 aus der Wehrmacht entlassen und bis Kriegsende zum Dienst in Kriegsgefangenenlagern eingesetzt. Seine eigene Entlassung, dann aber aus der Kriegsgefangenschaft, sollte noch bis 1949 auf sich warten lassen, und da war es für eine Boxerkarriere eh zu spät gewesen. Der Krieg hatte einiges von seinen Träumen zerstört.

Aber was ihn jetzt an diesem Donnerstagabend bedrückte, das hatte er sich selbst zuzuschreiben. Und auch mit noch so viel Bier war es nicht ungeschehen zu machen. Er war gerade so alt wie Vincent van Gogh, als jener sich umbrachte, das war aber schon lange her, fünf Jahre vor der Geburt seines Vaters. Vincent van Gogh hatte keine Kinder gehabt, er selbst hatte drei, eines zuviel, weil außerhalb der Ehe. Er dachte an seinen Vater, der in diesem Alter bereits fünf Kinder hatte, aber alle von seiner Ehefrau. Er dachte an seinen jüngeren Bruder, den Patenonkel seines Sohnes, der eine Fünfzehnjährige geschwängert hatte. Die konnte er wenigstens heiraten und so seinen Kontrollverlust nachträglich legalisieren. Aber was sollte er machen, nach seinem folgenreichen Seitensprung? Sein Erstgeborener, dem er den Vornamen seines Vaters gegeben hatte, war heute neun Jahre alt geworden, was sollte er später einmal von seinem Vater denken? Und seinen Eltern konnte er auch nicht mehr in die Augen schauen. Bis vor kurzem war er

noch jeden Sonntag mit der ganzen Familie auf Fahr-
rädern die elf Kilometer nach Gailbach gefahren, wo
all seine Geschwister in drei Häusern rund um sein
Elternhaus lebten; sein Sohn liebte das Klöße-Wett-
essen mit seinem Opa sehr. Aber das ging nun gar
nicht mehr.

In dem Hollywood-Film *Ben Hur*, der letztes Jahr erschienen war, konnte Jesus noch für seine Peiniger
bitten, „denn sie wissen nicht was sie tun". Hatte er
gewusst, was er tat? Mit genau diesem Bibelzitat war
auch der vorletzte Film mit James Dean in Deutschland angekündigt worden. In ihm wurden die Proble-
me der „verlorenen Generation" in Gesellschaft und
Familie zum ersten Mal explizit thematisiert. Er gehörte selbst mit zu dieser verlorenen Generation, auch
wenn er nicht Autorennen fuhr wie James Dean. Er
hatte die *Brücke am Kwai*, die als Symbol des Wider-
standes und des Überlebenswillens der Soldaten darge-
stellt wurde, vor einigen Jahren nicht gesehen, er
konnte sich aber sehr deutlich mit dem Film *Die Brücke*
von Bernhard Wicki identifizieren, in dem vor einem
Jahr der Missbrauch jugendlicher Unbefangenheit und
Ideale und der Aberwitz des Kriegs angeprangert wurde.

An diesem Donnerstag einigten sich die Kultusminister der Länder in Saarbrücken auf eine Oberstufen-
reform für die Gymnasien. Sein Sohn sollte mal aufs

Gymnasium gehen, er war ein kluges Köpfchen. Von seinem ersten Zeugnis hatte er eine Abschrift an seine Tante geschickt und sie stolz darüber informiert: „Das Fräulein hat gesagt, ich wäre einer von den Besten. Wenn wir viel Geld hätten, könnte ich in die Stadt-Schule gehen." Aber sie hatten nicht viel Geld; und jetzt, nachdem er auch noch Alimente für seine uneheliche Tochter zahlen musste, hatten sie noch weniger. In den Hitparaden konkurrierte Freddy Quinns tapfer-männliches *Weit, so weit ist der Weg* mit Lale Andersens sehnsüchtig-hoffnungsvollem *Ein Schiff wird kommen*.

Vor einem Monat hatten in Rom die Olympischen Sommerspiele stattgefunden. Olympiasieger im Halb-schwergewicht war der achtzehnjährige Cassius Clay, der unter seinem späteren Namen Muhammad Ali zum wohl berühmtesten Boxer aller Zeiten werden sollte. Er sollte auch außerhalb des Boxrings für Schlagzeilen sorgen, da er öffentlich den Vietnamkrieg ablehnte und die Emanzipationsbewegung der Afro-amerikaner in den Sechzigerjahren unterstützte. In Deutschland hatte vor einem halben Jahr der Bundes-tag beschlossen, die staatliche Wolfsburger Volkswa-gen GmbH zu privatisieren, und in der DDR war die Kollektivierung der Landwirtschaft für abgeschlossen erklärt worden. Soviel zu den kleineren und größeren Schlachten über den Bergen, den Ereignissen und Schicksalen, die zu den historischen Konflikten vorge-drungen und nicht von dem Weltenbrand zurückgewichen sind. Dieses Jahr sollte auch als Afrikanisches Jahr in die Geschichte eingehen, weil gleich siebzehn afrikanische Kolonien die Unabhängigkeit erlangten. Nelson Mandela, dessen Vater starb, als der kleine Nelson genauso alt war wie sein Sohn jetzt, war seit einigen Jahren wegen Hochverrats angeklagt und sollte erst in einem Jahr freigesprochen werden. In zwei Jahren sollte Mandela dann wieder verhaftet und zu fünf Jahren Gefängnis wegen illegaler Auslandsreisen und wegen Streikaufrufs verurteilt werden, in vier Jahren würden Mandela und sieben weitere Mitstreiter zu lebenslanger Haft wegen Sabotage und der Planung eines bewaffneten Kampfes verurteilt werden.

An diesem Donnerstag, an dem sein Sohn neun Jahre alt wurde, erhielt Erich Kästner für seine Jugenderinnerungen *Als ich ein kleiner Junge war* auf dem Internationalen Kongress für das Jugendbuch in Luxemburg den Hans-Christian-Andersen-Preis. Als er selbst ein kleiner Junge gewesen war, hatte es noch die Rentenmark und die Reichsmark gegeben. Im Jahr seiner Geburt hatte die Hyperinflation dafür gesorgt, dass der Kurs für einen US-Dollar 4,2 Billionen Mark entsprach. Durch die Geldentwertung wurden die ökonomischen und sozialen Lasten des verlorenen Kriegs von der Masse der abhängig Beschäftigten und den reinen Geldvermögensbesitzern getragen. Erst 1928, da war er noch nicht mal in der Schule, erreichten die Reallöhne im Durchschnitt wieder das Niveau des

Jahres 1913, zumindest nach den Zahlen der amtlichen Statistiken. Ein wesentlicher Teil der Mittelschichten fand sich in Armut wieder. Ihre finanziellen Rücklagen schmolzen in der Inflation bis auf kümmerliche Reste dahin. Und die einfachen Arbeiter und Tagelöhner, wie sein Vater einer war, hatten keine Rücklagen, die hätten schmelzen können.

Im Jahr seiner Geburt hatte in Nürnberg der mit fast fünftausend Teilnehmern bislang bestbesuchte Weltkongress für Esperanto stattgefunden, im fernen Kansas hatten die Brüder Walt und Roy Disney das Unternehmen Disney Brothers Cartoon Studio gegründet und der Sattlermeister Guccio Gucci startete in einer kleinen Werkstatt in Florenz das Gucci-Unternehmen. In dem kleinen Dörfchen Gailbach hatte sein Vater auch versucht, angesichts der steigenden Arbeitslosigkeit und der zusammengebrochenen deutschen Wirtschaft, ein eigenes Unternehmen zu gründen. Dies entwickelte sich aber nicht so erfolgreich wie bei den Disney-Brüdern oder bei Guccio Gucci, sondern war nur überlebensfähig durch die kostenlose oder unterbezahlte und unversicherte Mitarbeit aller männlichen Familienangehörigen. Dies wiederum war ein typisches Exemplar der Kategorie Familientradition. Seinem Vater und dessen Bruder war es im Weißbinderbetrieb seines Großvaters in der Rhön ähnlich ergangen.

Bei der Geburt seines Sohnes war die Deutsche Mark bereits drei Jahre alt. Die Währungsreform hatte den bis dahin verbreiteten Tauschhandel und die Schwarzmarktwirtschaft praktisch über Nacht beendet. Schnell füllten sich die Regale mit Waren, zunächst in erster Linie Waren für die Deckung der Grundbedürfnisse. Die Finanzlage sehr vieler Betriebe verbesserte sich, und das Wirtschaftswunder nahm seinen Lauf: Die Zahl der Arbeitslosen lag Anfang der 1950er Jahre noch bei über zwei Millionen, wurde aber ab 1952 zunehmend kleiner. Der Arbeitskräftebedarf der aufstrebenden Wirtschaft war enorm, und schon 1955, im Geburtsjahr seiner Tochter, wurden erstmals von offizieller Seite Gastarbeiter angeworben. Im Jahr zuvor hatte die UNESCO ihre Mitgliedsstaaten dazu aufgerufen, zu prüfen, ob die Kunstsprache Esperanto hilfreich für die Verständigung unter den Völkern sein könne. Um seinen Arbeitsplatz musste er sich in diesen Jahren keine Gedanken machen, sein Chef hatte eine kleine Malerfirma, die, zumindest im Sommer, angesichts der zunehmenden Bautätigkeit um Aufträge nicht bangen musste. Im Winter gab es genügend Innenarbeiten und zur Not Kurzarbeitergeld bis zum nächsten Frühling.

Anfang der 1950er-Jahre fuhren die meisten Bundesbürger wie auch er noch mit Fahrrad, Bus und Bahn. Zunehmend wurden Motorräder populär und in den 1960er-Jahren stiegen die Verkaufszahlen der nun massenhaft produzierten Automobile stark an. Der VW Käfer wurde so zum Symbol des deutschen Wirtschaftswunders; die „Ära Adenauer" verhalf der sozialen Marktwirtschaft zu ihrem Siegeszug in Westdeutschland. Er hatte allerdings an der Motorisierung nicht teilgenommen, keinen Führerschein gemacht, er war und blieb ein kleiner Arbeiter, der gerade genug verdiente, um seine Familie notdürftig zu ernähren. Und ohne den von den Schwiegereltern gestellten Bauplatz, die Eigenleistung und die Mithilfe seiner Verwandten hätte er auch kein eigenes Haus bauen können. Die Arbeitszeit lag bei achtundvierzig Stunden pro Woche, doch vor einigen Jahren hatten die Gewerkschaften sogar den arbeitsfreien Samstag erkämpft: Vati sollte am Samstag den Kindern gehören.

Sein Sohn war vor neun Jahren an einem Samstag geboren, ein Jahr nach der Hochzeit, im Jahr, in dem der siebenundzwanzigjährige Marlon Brando, der in den Siebzigern mit dem Skandalfilm *Der letzte Tango in Paris* Aufsehen erregen sollte, mit seinem zweiten Film *Endstation Sehnsucht* ins Rampenlicht trat. Ein warmer Herbsttag, seine Frau war am Tag zuvor noch auf dem Kartoffelacker gewesen, sie hatte noch nicht mit der Geburt gerechnet. Am Samstag früh war er noch ganz normal zur Arbeit gegangen, aufgeregt zwar, weil die Fruchtblase schon geplatzt war, aber die Hebamme hatte ihn beruhigt, und in der Tat, zur Geburt am Nachmittag hatte er die Arbeit bereits beendet. Die

Geburt seines Stammhalters, dem er den Namen seines Vaters gab, war Ansporn für viele Samstage in den nächsten drei Jahren, unter tatkräftiger Mithilfe seiner Brüder, Schwäger und Arbeitskollegen, das Haus für die junge Familie hochzuziehen. Passend zur Aufbaueuphorie im ganzen Land. Ein sehr typisches Exemplar der Kategorie Hausbau im Nachkriegsdeutschland.

Die letzten Jahre waren nicht überall friedlich verlaufen. Noch kurz vor seiner Hochzeit hatte der Koreakrieg begonnen, in dem mehr als drei Millionen Menschen aus der Zivilbevölkerung und über eine Million Soldaten aus China, Korea und den USA ihr Leben verloren. Die Sowjetunion führte die Todesstrafe für Hochverräter und Spione wieder ein, die 1947 abgeschafft worden war, und beging damit einen geschichtlichen Rückschritt in überwunden geglaubte Denkweisen. Ein dreiviertel Jahr vor seiner Heirat starb in London mit sechsundvierzig Jahren George Orwell, dessen erschreckende Zukunftsvisionen in seinem ein Jahr zuvor erschienenen Roman *1984* eindrücklich geschildert sind. Die Jahreszahl im Buchtitel war einfach die Umdrehung der Zahl des Jahres, in dem er den Roman geschrieben hatte. Gar manchmal überholt die Zukunft unsere Befürchtungen über sie.

Als sein Sohn vier Jahre alt war und seine Tochter geboren wurde, verunglückte der vierundzwanzigjährige James Dean mit seinem Porsche, und Albert Einstein starb mit sechsundsiebzig Jahren. Trotz aller Berühmtheit dennoch Einzelschicksale, kleinere Planetenbahnen, Details von Leben, die gelebt wurden, während zeitgleich hinter dem Horizont oder in den Bergen über ihnen eine größere Schlacht stattfand. In Algerien zum Beispiel der Krieg um die Unabhängigkeit von Frankreich, der bereits seit sechs Jahren tobte und erst in zwei Jahren beendet werden sollte. Albert Camus, nur zehn Jahre älter als er und in Algerien geboren und aufgewachsen, hatte vor drei Jahren den Nobelpreis für Literatur erhalten und war Anfang dieses Jahres bei einem Autounfall ums Leben gekommen. Auch Camus war seiner Frau nicht gerade treu gewesen und hinterließ zwei Kinder, ein Zwillingspärchen.

In den achtundzwanzig Jahren zwischen seiner eigenen Geburt und der Geburt seines Sohnes hatte sich einiges radikal geändert. Er hatte noch vier jüngere Geschwister bekommen, eine Schwester und drei Brüder, doch einen nur wenig älteren Bruder an den Krieg verloren. Nicht nur seinen Bruder, auch seine Träume. Er hatte zehn Jahre Weimarer Republik, zwölf Jahre Drittes Reich und sechs Jahre Nachkriegszeit miterlebt und erlitten; in dieser Zeit hatte es zwei Währungsreformen gegeben, von der Papiermark zur Rentenmark und Reichsmark und von dieser zur D-Mark. Das Deutsche Reich war dem drei Jahre vor seiner Geburt gegründeten Völkerbund, dem indirekten Vorläufer der UNO, beigetreten, als er drei Jahre alt war und noch in der Rhön lebte, und war wieder ausgetreten, als er zehn war und schon in Gailbach wohnte. Nach dem Beitritt Deutschlands in den Völkerbund hatte eine allgemeine Entspannungsphase auf politischer, aber auch auf wirtschaftlicher Ebene eingesetzt.

Im Jahr seiner Geburt hatte mit dem Beginn der Programmausstrahlung des ersten deutschen Rundfunksenders eine neue Ära begonnen. Die Zahl der Rundfunkteilnehmer stieg zwischen seinem ersten und zweiten Lebensjahr in Deutschland von 1.580 auf 548.749. Die 1929 – da war er eben in die Volksschule gekommen – einsetzende Weltwirtschaftskrise beendete mit dem schweren volkswirtschaftlichen Einbruch in allen Industrienationen, der sich unter anderem in Unternehmenszusammenbrüchen, massiver Arbeitslosigkeit und Deflation äußerte, die so genannten „Goldenen Zwanzigerjahre", seine frühe Kindheit, die für ein Arbeiterkind auf dem Lande so golden auch nicht war.

Weit, weit hinter dem Horizont des kleinen Dörfchens in Unterfranken fanden auch zu diesen Zeiten größere Schlachten statt. Er war noch keine zehn Jahre alt, als in Deutschland das Tausendjährige Reich ausgerufen wurde und im selben Jahr im fernen Japan Inazo Nitobe starb, der auf den Fünftausend-Yen-Banknoten abgebildet war, die von 1984 bis 2004 gedruckt wurden. Dieser politische Aktivist war drei Jahre vor seiner Geburt stellvertretender Generalsekretär des Völkerbundes geworden. In dieser Eigenschaft nahm er 1921 in Prag am mit mehr als 2500 Teilnehmern sehr gut besuchten Esperanto-Weltkongress als Beobachter teil und legte der Völkerbundsversammlung einen – in Esperanto geschriebenen – Bericht zum Stand der Anwendung des Esperanto in der Welt vor. Diese neutrale, leicht erlernbare Plansprache sollte der internationalen Verständigung dienen und einen Beitrag zum Weltfrieden leisten. In vielen Ländern kam es aber zu Behinderungen durch die Politik. Im nationalsozialistischen Deutschland wurde die Beschäftigung mit Esperanto verboten, die Verbände wurden aufgelöst. Unter Stalins Herrschaft in der Sowjetunion war die Bewegung zwar nicht ausdrücklich verboten, doch waren es vermutlich einige tausend Esperantisten, die wegen „staatfeindlicher Aktivitäten" erschossen wurden oder in Lager kamen und dort starben. Die Esperanto-Bewegung, vernünftig betrachtet die einzig logische und effektive Lösung für das Sprach- und Übersetzungsproblem, das die zunehmende Internationalisierung des Lebens, später Globalisierung genannt, mit sich bringt, hat die Schlacht noch nicht gewonnen. In den Zeiten des Kalten Kriegs setzte sich im Westblock Englisch durch, im Ostblock Russisch. Die wiederholte Unterstützung des Esperanto durch die UNESCO, drei Jahre nach der Geburt seines Sohnes und erneut drei Jahre vor der Geburt seines Enkels, blieb weitgehend folgenlos.

Andere Veränderungen sollten deutlichere Folgen haben, allerdings erst Jahre später. Die Bomben auf Hiroshima und Nagasaki wurden abgeworfen, kurz bevor er zweiundzwanzig Jahre alt war. Noch vor seiner Geburt waren Albert Einstein und Nils Bohr mit Nobelpreisen ausgezeichnet worden, Werner Heisenberg und Erwin Schrödinger erfuhren diese Ehrung, noch bevor er zehn Jahre alt war. Und letztlich trugen diese Erkenntnisse auf dem Gebiet der Kernphysik zur Eskalation der Kriegführung bei. Das Manhattan-Projekt, das noch vor seinem zwanzigsten Geburtstag startete, war letztlich eine Reaktion auf Befürchtungen, dass Hitlerdeutschland die Kernspaltung zum Bau einer Bombe nutzen könnte. Und dass die Bomben auf Japan abgeworfen wurden und nicht auf Deutschland, lag letztlich daran, dass sich die sogenannten Achsenmächte in Europa bereits ergeben hatten – Ludwigshafen, Mannheim oder Berlin waren bereits als mögliche Abwurforte vorgesehen gewesen. So viel zu den Zufälligkeiten und Unwägbarkeiten der Schlachtlinien und -verläufe in den Kämpfen hinter den Bergen.

Schon vor dem Ersten Weltkrieg hatte es in Deutschland sehr viele Lichtspielhäuser gegeben, in denen Stummfilme zu sehen waren. Selbst während des

Kriegs entstanden berühmte Filme und Filmfiguren. Charlie Chaplins Tramp wurde weltweit bekannt. In seiner Kindheit konnte sich der Film als Massenmedium etablieren und verhalf den Filmtheatern zu einem rasanten Aufstieg. Deutschland war der europäische Staat mit den meisten Kinos, deren Anzahl zwischen 1918 und 1930 von zweitausenddreihundert auf fünftausend anwuchs. Täglich gingen zwei Millionen Menschen in die Kinos. Für ihr Eintrittsgeld bekamen sie neben dem Hauptfilm kurze Vorfilme, gelegentlich Natur- oder Reisefilme und stets die Wochenschau zu sehen. Deutschland produzierte in den Zwanziger- und Dreißigerjahren mehr Filme als alle anderen europäischen Staaten zusammen.

Die historischen Konflikte oder die Weltenbrände fanden aber außerhalb des Kinos statt: Im Jahr vor seiner Geburt hatte die faschistische Bewegung unter Mussolini mit seinem „Marcia su Roma" die Macht in Italien übernommen. Ein halbes Jahr vor seiner Geburt war das Ruhrgebiet besetzt worden. Als er drei Jahre alt war, hatte in Düsseldorf mit der GeSoLei (Gesundheit, Soziales und Leibesübungen) die größte Messe der Weimarer Republik stattgefunden, kurz nachdem die französischen und belgischen Truppen das Ruhrgebiet sowie das Rheinland wieder verlassen hatten. Auf der GeSoLei fuhren die ersten Autoscooter auf einem Rummelplatz. Boxen und Radsport wurden populär. Kurz vor seinem dritten Geburtstag

67

hatte Max Schmeling, der später mal sein Idol werden sollte, durch K. o. in der ersten Runde Max Dieckmann besiegt und war dadurch Deutscher Meister im Halbschwergewicht im Boxen geworden.

Kurz nach seinem Schuleintritt hatte im fernen Indien Mahatma Gandhi mit seinem Salzmarsch das Salzmonopol der Briten brechen wollen, was siebzehn Jahre später zur Unabhängigkeit Indiens von Großbritannien führte. Im Deutschen Reich wurde unterdessen versucht, durch Stärkung der Währung, einhergehend mit rapidem Sozialabbau, aus der Krise zu kommen. Dies trug zu einer Radikalisierung der Politik bei, die den Aufstieg des Nationalsozialismus begünstigte. Er war noch keine neun Jahre alt, als in Deutschland die Nazis bei vorgezogenen Reichstagswahlen erstmals stärkste Partei wurden und Mussolini den zehnten Jahrestag der faschistischen Machtergreifung in Italien feierte. Und er war vierzehn, als mit der Invasion der Japaner in China der Zweite Japanisch-Chinesische Krieg begann, und gerade mal sechzehn, als der Spanische Bürgerkrieg mit einem Sieg der Frankisten endete und der Zweite Weltkrieg provoziert wurde.

Seine Jugend, seine Adoleszenz und sein frühes Erwachsensein wurden von Krieg und Kriegsgefangenschaft geschluckt. Keine Wahrnehmung der Popmusik mit Swing und Bebop, Glenn Miller und Benny Goodman, Dizzy Gillespie, Thelonious Monk, Miles Davis

Davis und Gerry Mulligan. Allenfalls Lale Andersen mit *Es geht alles vorüber, es geht alles vorbei* oder Zarah Leander mit *Ich weiß, es wird einmal ein Wunder geschehn*. Keine deutschlandkritischen Hollywood-Filme wie *Sein oder Nichtsein, Der große Diktator* und *Casablanca*. Kein *Citizen Kane* oder *Wem die Stunde schlägt*. Später vielleicht, nach der Rückkehr aus der Kriegsgefangenschaft, die *Feuerzangenbowle*, in der Heinz Rühmann als „Pfeiffer mit drei f" versucht, die Schulzeit nachzuholen. Bei ihm gab es nichts nachzuholen. Ja, derselbe Heinz Rühmann, der während der Kriegszeit so treuherzig gute Laune machen wollte mit seinem *Das kann doch einen Seemann nicht erschüttern*. Es gab sehr wohl Dinge, die auch einen Seemann erschüttern konnten. *We didn't start the fire, but when we are gone will it still burn on and on and on …*

Den Tod seines Großvaters, dessen Namen er trug, erlebte er nicht mit, denn er war im Krieg. Seine Volljährigkeit, damals noch mit einundzwanzig, erreichte er während seiner Kriegsgefangenschaft. Erst die Geburtsjahrgänge seiner Tochter kamen in den Genuss der vorgezogenen Volljährigkeit mit achtzehn. Er selbst war froh, den Krieg lebend überstanden zu haben, nachdem er den Untergang seines Schiffes nur überlebt hatte, indem er an die Küste schwamm, und der dann folgende Einsatz bei der Infanterie in der russischen Kriegsgefangenschaft endete. Von dort sollte er außer der Hepatitis auch seine Höhenangst mitbringen, da er miterlebt hatte, wie zwei seiner Mit-gefangenen vom Gerüst in den Tod stürzten. Seitdem konnte er nicht mehr ohne Panik mehr als zwei Stockwerke hoch arbeiten.

Nachdem seine Träume sich zerschlagen hatten, legte er seine ganze Hoffnung in die schnelle Gründung einer Familie. Und so wie das ganze Land nach dem Trauma der Kriegs- und Nachkriegszeit schnell daran ging, den Aufbau zu bewerkstelligen, so machte auch er sich auf, lernte, kaum nach Hause zurückgekehrt, eine drei Jahre jüngere Frau kennen, die jüngste von sechs Schwestern, heiratete innerhalb eines Jahres, zog zu ihr ins Haus ihrer Eltern, zehn Kilometer entfernt von seinem eigenen Elternhaus, zeugte seinen Sohn, dem er den Vornamen seines Vaters gab, und begann mit dem Hausbau auf dem Grundstück, das seine Frau von ihrem Vater erhielt. Die Tochter wurde vier Jahre später schon im neuen Haus geboren, eines der ersten Häuser in der neu angelegten Ringstrasse am Wald-rand. Es erhielt die Hausnummer 18. Den Baum, eine im nahen Wald ausgegrabene Fichte, pflanzte er mit dem Sohn zusammen. Es war in typisches Exemplar einer deutschen Wirtschaftswunder-Rama-Familie, viereckig, zwei Kinder im Abstand von 4 Jahren, zu-erst der Junge, dann das Mädchen, der Vater geht geldverdienend hinaus ins feindliche Leben und zu-hause waltet am Herd die züchtige Hausfrau, sonntags Messe und Frühschoppen, danach Klöße und Braten, freitags wird Fisch gegessen und samstags gebadet. Den Wochenlohn gibt's noch bar in der Lohntüte.

Als sein Sohn geboren wurde, übrigens im gleichen Jahr wie der spätere Neurobiologe Gerald Hüther und Gordon Matthew Thomas Sumner, der als Sting bekannt werden sollte, ein Jahr vor Putin und zwei Jahre vor Tony Blair und Klaus Wowereit, war sein eigener Vater sechsundfünfzig Jahre alt und sollte noch erleben, dass der Enkel, der seinen Namen trug, das Gymnasium besuchte, der erste aus den elterlichen Sippen von Bauern und Tünchern, dessen schulische Laufbahn so weit führte. Sein Schwiegervater war schon über siebzig Jahre alt und starb, bald nachdem dieser Enkel in die Volksschule kam. Deshalb konnte er die schulischen Erfolge seines Enkels nicht mehr erleben.

In der Wissenschaft zeichnete sich in jenem Jahr eine bahnbrechende Entwicklung ab: Der erste kommerzielle Röhrenrechner UNIVAC 1 mit stattlichen neunzehn Tonnen Gewicht kam auf den Markt und es war nicht zu erahnen, wie weit es diese Erfindung in den nächsten Jahrzehnten bringen sollte. Auf der politischen Ebene kam es in jenem Jahr zu ersten Amnestien für Personen, die wegen ihrer Verstrickungen mit dem Nationalsozialismus verurteilt worden waren, beispielsweise für den Rüstungsmagnaten Krupp. Und auf dem Gebiet des Sports, speziell des für ihn wichtigen Boxsports, gab es einen spektakulären Knock out in der dreizehnten Runde, durch den der dreißigjährige Sugar Ray Robinson, der nur zwei Jahre älter war als er, den Weltmeistertitel im Mittelgewicht gewann. Im Schwergewicht sollte Rocky Marciano ein Jahr später in einem denkwürdigen Kampf durch K. o. in der letzten Runde Weltmeister werden.

Zwei Jahre später wurde Chruschtschow Stalins Nachfolger nach dessen Tod, und Eisenhower löste Truman ab. Im Fernsehen wurde erstmals die *Augsburger Puppenkiste* ausgestrahlt und ein VW Käfer kostete 4200 DM. Crick und Watson veröffentlichen ihre Arbeit über die Doppelhelixstruktur der DNS, für die sie 1962 den Nobelpreis in Medizin erhalten sollten. Kurz zuvor hatte Albert Schweitzer den Friedensnobelpreis erhalten und Beckett *Warten auf Godot* veröffentlicht und Hemingway *Der alte Mann und das Meer*, von dem eine gängige Interpretation sich kurz wie folgt formulieren lässt: Ein Mann kann vernichtet werden, aber nicht besiegt.

Und nun saß er hier wie Wladimir und Estragon, 37 Jahre alt, seit zehn Jahren verheiratet, wartend auf Godot, nicht besiegt, aber vernichtet. Passend, fast ironisch kommentiert im Radio von Connie Francis mit ihrem aktuellen Hit *Die Liebe ist ein seltsames Spiehihiel*. An diesem Tag, an dem sein Sohn seinen neunten Geburtstag feierte, wurde in Seibersdorf bei Wien der erste österreichische Atomreaktor in Betrieb genommen. Frankreich hatte im Frühjahr in der Sahara seine erste Atombombe gezündet, ein schweres Erdbeben hatte Agadir zerstört und ein Drittel der dreißigtausend Bewohner getötet, auch in Chile hatte ein Erdbeben der Stärke 9,5 vor einigen Monaten vier- bis fünftausend Tote gefordert.

Aber all dies war hinter dem Horizont und über den Bergen, es beschäftigte ihn nicht so sehr wie sein eigenes kleines, verpfuschtes Leben. Die Kultusminister der Bundesländer hatten zum Jahresbeginn vor der Frage gestanden, ob sie dem Beispiel des Westberliner Kultussenators Tiburtius folgen und die sexuelle Aufklärung zum ordentlichen Lehrfach an den Schulen der Bundesrepublik erheben sollen. In den USA war vor sechs Wochen die erste Antibabypille auf den Markt gekommen, in einem Jahr sollte sie auch den deutschen Markt erreichen, aber das war zu spät, um seinen größten Fehler zu verhindern. Im Radio dudelte der aktuelle Hit von Peter Alexander: *Ich zähle täglich meine Sorgen.*

Die SPD, die er wählte, seit er „Schmidt-Schnauze" beim Heimkehrer-Treffen in Frankfurt erlebt hatte, korrigierte in diesem Jahr ihre außenpolitische Haltung: Die Westintegration der BRD sollte auch bei ihr künftig Vorrang vor der Wiedervereinigung haben. Sollte das auch für ihn und sein persönliches Problem

73

gelten? Statt Wiedervereinigung und Rettung der Familie Integration in die neue? Mit einer Witwe, die er nicht liebte, aber begehrt hatte? *Its now or never* hatte Elvis Presley gesungen. ... *und immer lockt das Weib* war der Titel des Films, der Brigitte Bardot vor einigen Jahren den endgültigen Durchbruch und ein auf immer festzementiertes Image als „Sexsymbol des Universums" einbrachte.

War es möglich, sein Leben neu zu definieren, so wie der Begriff des Meters gerade neu definiert wurde? Weil das in Frankreich aufbewahrte Urmeter sich als nicht ausreichend stabil herausgestellt hatte, war kürzlich entschieden worden, das Meter als Vielfaches der Wellenlänge eines Krypton-Lasers zu definieren, um genau zu sein, das 1.650.763,73-fache der Wellenlänge desjenigen Lichts, das bei Erhitzung von Kryptongas auf 63 Grad Kelvin emittiert wird. Damit konnte das Meter jederzeit in jedem Labor weltweit reproduziert werden und war zugleich viel genauer definiert. Erst ein Jahr nach seinem Tod sollte nochmals eine neue Definition die Basislängeneinheit Meter festlegen als jene Strecke, die das Licht im Vakuum in 1/299.792.458 Sekunden zurücklegt.

Vor zwei Jahren, im Geburtsjahr von Michael Jackson, der mit fünfzig Jahren unter dubiosen Umständen sterben würde, war sein Schwiegervater mit siebenundsiebzig Jahren aus dem Leben geschieden, und der gleichaltrige Angelo Giuseppe Roncalli war zum Papst Johannes XXIII gewählt worden, der wegen seiner Bescheidenheit und Volksnähe auch il Papa buono genannt wurde. Die NASA war gegründet worden mit der Vision, „das Leben hier zu verbessern, das Leben nach draußen auszudehnen und Leben da draußen zu finden". Die Ankunft von Elvis Presley als Soldat in Deutschland hatte zu einem regelrechten Medienzirkus geführt. In diesem Jahr erschien in Deutschland das erste Micky Maus-Heft und Artur Fischer erfand den S-Dübel, der unter dem Namen Fischerdübel bekannt wurde und als typisches Exemplar der Kategorie Heimwerkerbedarf bei Wohnungsrenovierungen half.

Vor kurzem hatte der Film *La Dolce Vita* des italienischen Regisseurs Federico Fellini bei den Internationalen Filmfestspielen in Cannes die Goldene Palme erhalten. Die Filmszene mit Anita Ekberg im römischen Trevi-Brunnen wurde legendär, ähnlich wie die Duschszene in Hitchcocks *Psycho*, der aktuell für Warteschlangen an den Kinokassen sorgte. Im Hamburger Stripclub Indra spielten seit knapp zwei Wochen die Beatles, die vor einem Jahr noch Johnny and the Moondogs geheißen hatten. Jimi Hendrix war siebzehn und vor einem Jahr wegen schlechter Noten von der Garfield High School verwiesen worden. Er sollte nur noch zehn Jahre leben. Adolf Eichmann, als SS-Obersturmbannführer im Reichssicherheitshauptamt zentrale Figur in der Organisation des Massenmords an Juden in den Konzentrationslagern, war vom israelischen Geheimdienst in Argentinien aufgespürt worden, wo er unter falschem Namen lebte. Er wurde nach Israel entführt, dort sollte ihm im folgenden Jahr der Prozess gemacht werden, und das Todesurteil wurde 1962 vollstreckt. Fidel Castro war vor einem Jahr in Kuba an die Macht gekommen und sollte bald eine Allianz mit der Sowjetunion eingehen. Und im fernen China hatte Maos Versuch, das Land mit einem „großen Sprung nach vorn" auf schnellstem Weg in eine industrielle Großmacht zu verwandeln, zu einer riesigen Hungersnot geführt.

Bei seiner eigenen Geburt hatte es auch im Deutschen Reich Hunger und unvorstellbare Teuerungsraten gegeben, die Zahlungsmittel wurden knapp, Arbeiter und Angestellte erhielten Verrechnungsschecks, die von Kunden belagerten Banken zahlten an Privatpersonen nur begrenzte Summen aus. Ein Liter Vollmilch, der Anfang des Monats August in Berlin noch 21.000 Mark gekostet hatte, war am Tag vor seiner Geburt am Ende des Monats für nicht weniger als 178.000 Mark zu haben. Es kam zu sogenannten „Teuerungskrawallen". Die von Inflation und Lebensmittelknappheit geplagte Bevölkerung stürmte und plünderte Kolonialwaren- und Metzgerläden. In Hamburg wurde wegen des drohenden Generalstreiks der Ausnahmezustand verhängt. Um die Ernte der in den Städten des Deutschen Reichs dringend benötigten

Kartoffeln zu beschleunigen, erhielten Schüler für den Ernteeinsatz Unterrichtsbefreiung.

Das Verlagshaus Axel Springer hatte der interessierten Öffentlichkeit zur Jahreswende ein politisches Horoskop für das Jahr 1960 präsentiert. Darin war 1960 als „Marsjahr" gekennzeichnet worden. Der *Spiegel* hatte süffisant daraus zitiert: „Bei Mars denkt man unwillkürlich an Krieg. Im Marsjahr 1939 brach der letzte große Weltkrieg aus. Der Koreakrieg hatte 1950 bei äußerst starken Marseinflüssen begonnen." Seine Ehe hatte auch 1950 begonnen, und heute, 10 Jahre danach, stand sie auf der Kippe. Aber im Erdhoroskop für 1960 steht nach Ansicht des Springer-Hausastrologen, Hans Genuit, der Planet Mars an so unwesentlicher Stelle, dass seine Einflüsse kein größeres kriegerisches Geschehen würden auslösen können. „Der Kriegsplanet Mars löst in diesem Jahr stattdessen einseitige Bindungen auf und hilft neue, vernünftige schaffen." Was konnte das für ihn bedeuten? Alles Grübeln führte nur dazu, dass es letztlich doch unklar blieb, welche Bindungen durch den Kriegsplaneten aufgelöst werden würden, die zu seiner Ehefrau oder die zu seinem Seitensprung. Im Springer-Horoskop wurde eine optimistische Prognose gewagt: „Der Friedensplanet Jupiter beherrscht das ganze Jahr und wird sich bis Ende Juni 1960 auswirken … Ab 23. September 1960 werden im Hinblick auf das harmonische Zusammenleben der Völker bemerkenswerte und zum

Teil völlig neue Resultate erzielt. 1960 wird im Zeichen des Jupiter ein Jahr der Friedensverhandlungen mit durchaus positiven Vorzeichen ..."

In seinem Fall allerdings sollten die Friedens- und Wiedervereinigungsverhandlungen noch einige Jahre auf sich warten lassen. Vorher noch sollte Sonny Liston gegen Floyd Patterson durch K. o. in der ersten Runde gewinnen, und Marilyn Monroe würde vor ihrem 37. (!) Geburtstag an einer Überdosis Schlaftabletten sterben. Vorher noch sollte sein Sohn ein Jahr lang in einem „Internat" auf das Gymnasium vorbereitet werden, so zumindest die offizielle Begründung für die Fremdplatzierung nach § 62 ff. JWG (FEH). Im Grunde ging es jedoch wohl darum, die alleinerziehende Mutter zumindest in der akuten Krise ein Jahr lang zu entlasten. Und die Verantwortlichen in der DDR sollten, nachdem immer mehr Menschen die Republik verließen, zunächst provisorische Grenzbefestigungen errichten, die dann durch die Berliner Mauer ersetzt wurden. Ob die Sternenkonstellationen daran ihren Anteil hatten, kann offen bleiben. Jedenfalls sollten sowohl sein Vater als auch sein Sohn, die denselben Namen trugen, es noch erleben, dass er den Weg zurück in die Familie fand, der eine auf dem Sterbebett, der andere im Hochgefühl der Pubertät, die es ihm schwer machte, zu akzeptieren oder es gar positiv zu sehen, dass aus der dreieckigen Familie mit dem Sohn als Tröster der Mutter, als „Gattensubstitut", wie es ein Erziehungsberater einmal nennen soll-te, wieder eine viereckige Familie wurde, in der der Vater den Ton angab, - oder es zumindest versuchte.

An diesem Donnerstagabend jedoch war die Familie noch dreieckig, und er der aus dem System ausgesto-ßene Planet, der aus der Bahn geratene kleinere Tra-bant, ein Einzelschicksal, zurückgewichen vor dem Weltenbrand, der hinter dem Horizont zeitgleich statt-fand. Albert Camus, der bereits vor einigen Jahren mit dem Nobelpreis für Literatur geehrt worden war, hatte sich Anfang dieses Jahres zur Mitfahrt in einem Auto überreden lassen. Als ein Hinterreifen platzte, prallte der Wagen mit der rechten Seite gegen einen Baum. Camus war sofort tot, die unbenutzte Bahnfahrkarte nach Paris trug er in der Tasche. Seine unabweisliche und mit diesem Tod wie exemplarisch belegte These, dass die Welt absurd sei, war jedem seiner Generation unmittelbar einleuchtend, möglicherweise war dies das einzige, was dieser Generation leichtgemacht wurde.

Die geschlagene Generation, wie sie auch genannt wurde. Heinrich Böll, knapp fünf Jahre älter als er und Sprachrohr dieser vom Krieg gezeichneten Generati-on, musste in diesem Jahr nach einem von etwa vier-hundert Hörern besuchten Leseabend in Germers-heim am Rhein erleben, dass Bundeswehroffiziere seiner Gesellschaft demonstrativ auswichen. Im An-schluss an die Lesung gaben Stadt und Volksbildungswerk einen Empfang, zu dem auch leitende Offiziere der Bundeswehr eingeladen worden waren. Die Sessel der Militär-Herren blieben jedoch leer. Eine örtliche Tageszeitung hatte autobiographische Bemerkungen Bölls veröffentlicht, in denen es hieß: „In diesen sechs Jahren (des Zweiten Weltkriegs) vertiefte sich das, was eine bloße, im Elternhaus eingeimpfte Abneigung gewesen war, zu der Überzeugung: Es gibt nichts Sinnloseres als Krieg und Militär." Den Literatur-Nobelpreis sollte Böll erst mit 55 Jahren erhalten.

Kapitel 3

Sonntag, 28.8.1932, Gailbach

Hammer, Rose und Geige; klingt fast wie Windhunde, Leder und Kruppstahl. So wird Adolf Hitler in drei Jahren vor fünfzigtausend Jungen seine Zielvorstellungen von der deutschen Jugend auf den Punkt bringen. Der dreiundvierzigjährige Hitler, der erst kurz zuvor die deutsche Staatsbürgerschaft erworben hatte, erhielt im April dieses Jahres bei den Reichspräsidentenwahlen im zweiten Wahlgang gegen Hindenburg fast 37 Prozent der Stimmen. (Wieder die 37 !!) Das meistverkaufte Auto der Welt ist das Modell T von Ford, vom amerikanischen Volksmund liebevoll Tin Lizzy getauft. Zwischen 1908 und 1927 wurden in den USA fünfzehn Millionen Stück gebaut. Erst 1972 würde der VW Käfer ihm diesen Titel abnehmen.

Und das typische Exemplar in der Kategorie deutscher Dichter ist Goethe, anlässlich dessen 100. Todestags dieses Jahr zum Goethejahr erklärt wurde. In Frankfurt am Main, dessen Einwohnerzahl vor vier Jahren die halbe Million überschritten hatte (bei seiner Geburt war es noch die Viertelmillionenschwelle gewesen, bei der Geburt seines Enkels sollten es ca. sechshundertzwanzigtausend sein), war letzten Sonntag eine Festwoche mit Aufführungen und Lesungen der Werke des Dichterfürsten eröffnet worden. Am Kurfürstendamm in Berlin läuft ein großer Goethe-Film der Ufa, und es ist nicht der einzige. Letztes Jahr hatte Theobald Tiger alias Kurt Tucholsky bereits in der Weltbühne ein satirisches Gedicht auf die Goethe-Euphorie veröffentlicht. Und in vielen Zeitungen wurde der Witz kolportiert, die zeitgemäße Grußformel sei: „Guten Tag, wie Goethes Ihnen?"

Die Statistik wies in diesem Jahr über sechs Millionen Arbeitslose in Deutschland aus. Die gesellschaftlichen Auseinandersetzungen wurden radikaler und fanden zunehmend auch auf der Strasse statt. Nicht gerade hinter dem Horizont oder in den Bergen über ihnen, sondern inmitten der Bevölkerung und im Zentrum Europas. *We didn't start the fire, it was always burning since the world's been turning.* Tragischer Höhepunkt der öffentlichen Zusammenstöße zwischen Kommunisten und Nationalsozialisten war der „Altonaer Blutsonntag", bei dem es siebzehn Todesopfer und mehrere Hundert Verletzte gab. Vor einem Monat wurden die Nazis bei vorgezogenen Reichstagswahlen erstmals stärkste Fraktion mit (na, wie viel wohl?) über 37 Prozent der Stimmen. Bis zur Machtübergabe bzw. Machtergreifung Hitlers sollte es nur noch ein halbes Jahr dauern. Und in Italien würde Mussolini in Kürze den zehnten Jahrestag des „Marcia su Roma", der faschistischen Machtergreifung in Italien, mit großem Aufwand feiern.

Mit Beginn der Weltwirtschaftskrise vor drei Jahren war die exportorientierte Produktion der Montanindustrie drastisch eingebrochen. In diesem Jahr erreicht die Krise ihren Höhepunkt. Die Arbeitslosenquote im Ruhrgebiet liegt bei einunddreißig Prozent. Die Eisenproduktion hat sich um sechzig Prozent verringert, ähnlich verhält es sich mit der Produktion im Stahlbereich und dem Steinkohlenbergbau. Der Industrielle Friedrich Flick rettet sein Vermögen durch den heimlichen und überteuerten Kauf eines Aktienpakets der Gelsenkirchener Bergwerks-AG. Vor einem halben Jahr war der Sohn von Charles Lindberg entführt worden, die Entführer hatten fünfzigtausend Dollar Lösegeld verlangt. Nach zwei Wochen war das Kind tot aufgefunden worden. Grausame Zeiten!

„Erst kommt das Fressen, dann kommt die Moral" hatte Brecht vor vier Jahren in der *Dreigroschenoper* formuliert. Er gehörte zu den armen Leuten, von denen Brecht wollte, dass sie sich ihr Teil vom großen Brotlaib schneiden könnten. Es war aber nicht so, dass er dafür die Moral geopfert hätte. Für ihn musste es kein großes Stück vom Brotlaib sein. Man kann auch mit wenig auskommen. Wo zehn Mäuler satt werden, reicht es auch für elf. Er konnte es sogar als Vorteil der Armut sehen, dass Erpressungsversuche wie bei Lindberg in seinem Fall eher unwahrscheinlich waren.

Auf dem ersten Parteitag der vor acht Jahren neu gegründeten NSDAP in Weimar war die GDJB auf einer Sondertagung für Jugendfragen im Vereinslokal „Armbrust" in „Hitlerjugend, Bund deutscher Arbeiterjugend" umbenannt worden. Die HJ war fortan die wichtigste Jugendorganisation der NSDAP, blieb aber der SA unterstellt. Sie wurde in den Reichsausschuss der Deutschen Jugendverbände, in dem alle deutschen Jugendverbände sich freiwillig vereint hatten, aufgenommen. Beim Reichsjugendtag der HJ in Potsdam am 1. und 2. Oktober dieses Jahres sollten cirka achtzigtausend Jugendliche sieben Stunden lang in Kolonnen an Hitler vorbeimarschieren.

Seine drei Söhne (und die zwei Töchter) wuchsen in diesem gesellschaftlichen Klima auf. Er zählte sich zu den Roten, mit den Braunen hatte er nicht so viel am Hut, in den Dörfern war die Politik aber ohnehin nicht so wichtig, die Auseinandersetzungen spielten sich eher in den Städten und in der organisierten Arbeiterschaft ab. In dem kleinen Dörfchen mit inzwischen knapp 700 Einwohnern, in das er kurz nach der Geburt seines fünften Kindes gezogen war, gab es zwar schon seit zwanzig Jahren eine Wasserleitung und seit zehn Jahren elektrische Energie, aber noch keine Poststelle und keine Kanalisation. Letztere sollte erst in fünf Jahren installiert werden. Der Fußballverein war vor drei Jahren gegründet worden, den TSV, in den die Ringer aus dem Athletenclub integriert waren, gab es schon seit seiner Geburt. Die Turnhalle hatte man bereits vor dem Krieg errichtet.

An diesem Sonntag, an dem sein jüngster Sohn neun Jahre alt wurde, saß er, wie üblich an Sonntagen, beim Frühschoppen im Gasthaus zur Traube, während seine Frau zuhause das Mittagessen für die siebenköpfige Familie zubereitete, drei Jungs von dreizehn, zehn und, wie gesagt, neun Jahren sowie zwei Mädels von zwölf und fünf. Ein durchaus typisches Exemplar der traditionellen deutschen Arbeiterfamilie der Weimarer Republik. Es war ein heißer Tag, der ganze August war bereits erheblich zu warm gewesen. In Südengland hatte eine vierzehn Tage andauernde Hitzewelle für Rekordtemperaturen gesorgt, in London wurden 37,2 Grad Celsius gemessen. In Venedig wurde in diesem Jahr erstmals das *„Internationale Filmfestival"* veranstaltet. Der bekannteste und kommerziell erfolgreichste Film des Jahres ist *Shanghai Express* mit Marlene Dietrich, die nur drei Jahre älter ist als seine kleine Schwester, die vor kurzem ihre erste Tochter zur Welt gebracht hatte. Sein Bruder hatte bereits drei Töchter, seine andere Schwester hatte bereits acht Kinder, obwohl sie nur ein Jahre jünger war als seine Frau. Und er würde diese Schwester bezüglich der Kinderzahl auch nicht einholen. Als er und seine Frau schließlich bei acht Kindern aufhörten, hatte seine Schwester schon elf. Keine schlechter Beitrag zur Steigerung der Bevölkerungsentwicklung: seine Eltern hatten es auf

vier Kinder gebracht, die ihnen insgesamt vierundzwanzig Enkel bescherten. Sein Vater würde sie noch
alle erleben, seine Mutter wird in drei Jahren sterben,
bevor die letzten fünf ihrer Enkel zur Welt kamen.

Er saß gerne im Gasthaus, nicht nur zum Frühschoppen, trank und lachte gerne, auch wenn es oft nichts
zu lachen gab. Finanziell gab es eher Grund zur Sorge,
und es war nicht so ganz klar, ob das Hocken in der
Wirtschaft Auslöser der finanziellen Knappheit war,
wie seine Frau klagte, oder ein Versuch, die Sorgen
darüber im Alkohol zu ertränken. Schließlich war
Sonntag der einzige arbeitsfreie Tag, die übliche Arbeitszeit für Arbeiter war zwar von sechzig bei seiner
Geburt auf heute zweiundvierzig Stunden pro Woche
gesunken, den Begriff des Wochenendes im Sinne von
zwei freien Tagen sollte aber erst die übernächste Generation erfinden. Als vor zwei Jahren die Comedian
Harmonists ihren Schlager vom *Wochenend und Sonnen-
schein* auf den Markt brachten, meinten sie ausschließlich den Sonntag.

Überhaupt, die Schlager der letzten zehn Jahre waren
nicht sehr ernst gemeint und eher auf erzwungene
End- oder Stabreime ausgerichtet. Typische Exempla-
re der Kategorie Schlagertitel fragten danach, was der
Meier im Himalaja wohl wolle, was die Berliner Luft
Luft Luft mache, man wollte mit seiner Luise in die
Liebeslaube, mit seiner Klara in die Sahara und mit

Veronika in den Lenz, mit seinem lieben Augustin ein Likörchen trinken oder ausgerechnet Bananen essen.

In Los Angeles hatten vor zwei Wochen die Olympischen Sommerspiele stattgefunden. Sie brachten ein wenig Glanz in die Weltwirtschaftskrise. Deutschland, eines der 37 (!) teilnehmenden Länder, gewann drei Goldmedaillen. Ein anderer Deutscher musste in diesem Jahr eine Niederlage einstecken: Der Boxer Max Schmeling verlor vor zwei Monaten nach einem Kampf über fünfzehn Runden seinen Weltmeister-Titel an Jack Sharkey. Zwei Jahre zuvor hatten die deutschen Freunde des Boxsports noch allen Grund zur Freude gehabt. Schmeling hatte in New York Sharkey besiegt und war Weltmeister geworden, allerdings nur, weil Sharkey ihm einen Tiefschlag verpasst hatte und somit disqualifiziert wurde. Das hatte für Kritik gesorgt und Schmeling hatte sogar mit dem Gedanken gespielt, den Titel wieder abzugeben. Nun war er ihn als Verlierer losgeworden. Das Hin und Her der kleineren Schlachten hinter dem Horizont.

In Berlin veranstaltete der „Stahlhelm" in diesem Jahr einen „Reichsfrontsoldatentag", an dem rund hundertfünfzigtausend ehemalige Kriegsteilnehmer, Reichswehrangehörige und Anhänger der rechten Parteien teilnahmen, und die NSDAP veranstaltete in Potsdam einen „Reichsjugendtag" mit rund hundertzehntausend Teilnehmern. Die Regierung der UdSSR beschloss in Moskau, den Anstieg der Kriminalität durch die Verhängung von Todesurteilen für einfache Diebstähle zu bekämpfen. Im fernen China forderte in diesem Jahr ein Erdbeben der Stärke 7,6 siebzigtausend Tote, vor fünf Jahren waren ebenfalls in China bereits zweihunderttausend Tote bei einem Erdbeben der Stärke 7,9 zu beklagen gewesen und vor zwölf Jahren waren es bei einer Stärke von 8,6 sogar zweihundertfünfzigtausend Menschen gewesen, fast soviel wie die Hälfte der Einwohner Frankfurts dieses Jahr. Dies waren wohl die größeren Schlachten und Weltenbrände hinter dem Horizont.

An diesem heißen Sonntag, an dem in Münster der Reichskanzler Papen einen wirtschaftspolitischen Zwölfmonatsplan erläuterte, nach dem unter anderem der freiwillige Arbeitsdienst ausgebaut und Investitionsanreize für Unternehmen geschaffen werden sollten, wurde in Frankfurt am Main der Goethepreis verliehen. Der mit zehntausend Reichsmark dotierte Preis war vor sechs Jahren gestiftet worden. Der erste Preisträger Stefan George hatte den Preis zunächst abgelehnt und erst nach öffentlichem Drängen angenommen. Im zweiten und dritten Jahr wurden Albert Schweitzer und Leopold Ziegler Preisträger. In einer höchst umstrittenen Entscheidung war vor zwei Jahren Sigmund Freud für sein Lebenswerk geehrt worden. Letztes Jahr sollte zu Ehren von Goethes Mutter eine Frau Preisträgerin sein. Man entschied sich für

Ricarda Huch. Und nun also, im hundertsten Todes-
jahr Goethes, Gerhard Hauptmann, bei dessen Ehrung Albert Schweitzer zum letzten Mal zu einem offi-
ziellen Besuch in Frankfurt weilte. Erst nach dem
Krieg sollte der „Urwalddoktor" wieder nach
Deutschland zurückkehren.

Er dachte an den hundertvierundsiebzigsten Geburtstag Goethes, den Tag, an dem sein Jüngster, dem
er den Namen seines Vaters gegeben hatte, auf die
Welt gekommen war. Nicht gerade ein ungewöhnli-
cher Vorname, aber durchaus nicht mehr *so* typisch für
diese Jahre, in denen es von Hans, Karl und Wilhelm
nur so wimmelte. Da wohnte er noch in Lauter und
war „Tagelöhner", genauer gesagt, er war nicht fest
angestellt und sozialversichert, sondern arbeitete wie
auch sein sechs Jahre jüngerer Bruder im mehr
schlecht als recht florierenden Betrieb seines Vaters.
Damit konnte man keine vier Kinder durchbringen. In
der Rhön gab es noch weniger Arbeit als sonstwo im
Reich, meist wurde ohnehin auf Montage gearbeitet,
während der Woche war man also auf Baustellen weit
entfernt von der Familie beschäftigt. Nur am Sonntag
kam man zurück nach Hause. Deshalb hatte es auch
nahegelegen, dass er nach Gailbach, ins Dorf seiner
Frau gezogen war, zweiundachtzig Kilometer entfernt
von seinem Elternhaus und näher an potentiellen Auf-
traggebern. Dass gerade sein Jüngster, dem er den
Vornamen seines Vaters gegeben hatte, dereinst als

einziger nicht in Gailbach bleiben würde, sondern auch wie er ins Dorf seiner Frau ziehen sollte, konnte er zu diesem Zeitpunkt noch nicht ahnen. Die zehn Kilometer waren aber nah genug, um den Wochenendkontakt halten zu können.

Er war vor einem Vierteljahr 37 Jahre alt geworden, seine Frau, die er vor vierzehn Jahren geheiratet hatte, war anderthalb Jahre jünger, am Weihnachtstag geboren. Bei der Geburt des ersten Sohnes war sie dreiundzwanzig Jahre alt gewesen, mit einunddreißig hatte sie bereits fünf Kinder. Bis zum Beginn des Zweiten Weltkriegs sollte sie dem Führer noch drei weitere Söhne schenken. Die aber waren zum Glück zu jung für den Krieg. Von den drei älteren, den Weimarer Söhnen, die den Krieg mitmachten, sollte der mittlere nicht zurückkommen. Ein durchaus typisches Schicksal in der Kategorie Kriegsgeneration.

In diesem Jahr dachte man beim Wort Krieg noch an die Zeit von 1914 bis 1918. Bis zum Zweiten Weltkrieg sollte es noch sieben Jahre dauern. Er war am Ende des Kriegs, den er beim Fahrradbataillon miterlebte, dreiundzwanzig Jahre alt gewesen. Nie hätte er sich vorstellen können, dass sein Sohn, der heute seinen neunten Geburtstag feierte, mit dreiundzwanzig Jahren einen zweiten Weltkrieg erlebt haben und sich noch einige Jahre in Kriegsgefangenschaft befinden würde. Noch weniger, dass dessen Sohn, sein Enkel, mit dem er als Steppke an den Sonntagen Klöße-Wett-essen veranstalten sollte und den er noch als Gymnasiasten erleben sollte, mit dreiundzwanzig Jahren bereits zu studieren begonnen haben würde. Dessen Sohn wiederum, sein Urenkel, den er nicht kennen lernen sollte, wird mit dreiundzwanzig sein Studium schon fast beendet haben. Und dass sein Enkel, der dereinst seinen Namen tragen sollte, sogar promovieren würde, konnte er sich noch weniger vorstellen, dies bedeutete ja einen beruflichen Aufstieg in nur zwei Generationen vom Tagelöhner zum Dr. phil. Wenn man jedoch bedenkt, dass zwischen seiner eigenen Geburt und der Geburt seines Enkels die Einwohnerzahl Frankfurts von zweihundertdreißigtausend auf mehr als sechshundertzwanzigtausend stieg, so sind dies auch nicht gerade marginale Veränderungen.

Vor zwei Monaten war der FC Bayern München Deutscher Fußballmeister geworden. Vor zwei Jahren, im Geburtsjahr von Helmut Kohl, der während der gesamten Kindheit seines Urenkels dereinst Bundeskanzler sein würde, hatte bei der ersten Fußball-Weltmeisterschaft Uruguay gegen Argentinien gewonnen. Zu Beginn des 20. Jahrhunderts waren Dänemark, Großbritannien, Österreich und Ungarn die erfolgreichsten Fußball-Nationen Europas. Dass Fußball auch in anderen Erdteilen praktiziert wurde, war zwar bekannt, wurde aber nicht besonders beachtet, und so beschäftigte sich kaum jemand mit der außer-

europäischen Entwicklung des Sports, etwa in Südamerika, aus europäischer Perspektive sozusagen hinter dem Horizont. Dort war der Fußballsport aber
ebenso beliebt und wurde bereits sehr viel früher als in
Kontinentaleuropa professionell betrieben. Die bei
den Olympischen Sommerspielen 1924 zunächst belä-
chelte Mannschaft aus Uruguay war der Konkurrenz
läuferisch, taktisch und technisch überlegen. Uruguay
gewann nach vier Spielen mit 18:1 Treffern die
Goldmedaille. Bei den Olympischen Sommerspielen
1928 zeigte sich wiederholt die Dominanz der
Südamerikaner: Argentinien und Uruguay trafen im
Finale aufeinander. Letztere Mannschaft gewann im
Wiederholungsspiel und wurde Doppelolympiasieger.

In der Folge beschäftigte man sich in Europa ernsthaf-
ter mit der neuen außereuropäischen Konkurrenz und
stellte fest, dass in Südamerika längst gut organisierte
Fußballligen existierten, wo echte Profis gegen Bezah-
lung kickten. Südamerikas „geldgierige" Fußballer
wurden aber in Europa verachtet. Ihr Benehmen emp-
fand man als Brüskierung gegenüber dem Olympischen Gedanken. Sepp Herberger, der zwei Jahre jünger war als er, wechselte wegen eines Handgeldes von
zehntausend Mark – diese Summe entsprach damals
dem Dreifachen des Jahresgehalts eines Facharbeiters
– den Verein und wurde wegen Verstoßes gegen die
Amateurstatuten angezeigt und daraufhin vom Ver-
band lebenslang gesperrt. In der Berufung war die

Sperre auf ein Jahr reduziert worden und in den letzten Jahren war Herberger ein gefragter Spieler gewesen. Vor nun zwei Jahren hatte er seine aktive Spielerlaufbahn beendet. Von lebenslänglich zu einem Jahr, vom Spieler zum Trainer.

Dass Sepp Herberger in zweiundzwanzig Jahren als Trainer das „Wunder von Bern" vollbringen sollte, war nicht abzusehen, wohl aber, dass die Zeit dazwischen nicht friedlich verlaufen würde. Die Kränkung über die zu leistenden Reparationszahlungen als Ausgleich für die „Kriegsschuld" nagte am deutschen Nationalstolz. Vor ein paar Jahren war festgelegt worden, dass Deutschland neunundfünfzig Jahre lang zahlen sollte, insgesamt hundertzwölf Milliarden Goldmark. Das hätte in der Zukunft ein schönes Geburtstagsgeschenk für seinen Enkel werden können, mit seiner Geburt wäre Deutschland schuldenfrei gewesen. Letztes Jahr stellte sich jedoch heraus, dass Deutschland zahlungsunfähig war und nach zwei Gutachten wurde in Lausanne vor kurzem beschlossen, die deutschen Reparationsverpflichtungen gegen eine Restzahlung von drei Milliarden Goldmark in Devisen aufzuheben. So möchte man auch mal seine Schulden reduzieren können, von hundertzwölf auf drei, das war das Wunder von Lausanne, zweiundzwanzig Jahre vor Bern.

Sein Jüngster war zwar wie alle Jungs auch an Fußball interessiert, seine wahre Begeisterung aber galt dem

Boxen. Kurz vor seinem dritten Geburtstag war in Berlin Max Schmeling im Kampf gegen Max Dieckmann durch K. o. in der ersten Runde deutscher Halbschwergewichtsmeister im Boxen geworden. Ein Jahr später wurde Schmeling dann Europameister. Vor zwei Jahren war er, wenn auch nur durch eine Disqualifikation seines Gegners, zum Weltmeister geworden. Schmeling war nur zehn Jahre jünger als er. Und war vielleicht besonders deshalb geeignet, zum Idol seines Sohnes zu werden, nicht so alt wie der Vater, aber älter als der eigene, nur vier Jahre ältere große Bruder.

Er selbst hatte keinen älteren Bruder, er war der Erstgeborene, wie dereinst sein Enkel, der seinen Namen tragen sollte, den beliebtesten Vornamen für Jungs in diesen Jahren. Eigentlich hätte er auch Jesus heißen können, sein Vater hieß nämlich Josef und seine Mutter Maria, aber eine solche Idee wäre den schlichten Rhönbewohnern doch nicht passend erschienen. Und es wäre ja auch kein guter Einfall gewesen, um daraus eine Familientradition zu machen. Einige Wochen vor seiner Geburt an einem milden Maisamstag, seine Mutter war schon fünfunddreißig, für damalige Verhältnisse eine sehr spät Gebärende, hatte die modern ausgerüstete und gut ausgebildete Kaiserliche Japanische Armee die Chinesen im Ersten Japanisch-Chinesischen Krieg besiegt. Deutschland war in diesen Jahren auch noch Kaiserreich, seit dem Sieg des Norddeutschen Bundes über das Kaiserreich Frankreich. Er wuchs noch in dem Bewusstsein auf, in Frankreich den „Erzfeind" zu sehen. Dass sein Enkel dereinst seine ersten Auslandsurlaube in Frankreich verbringen sollte, war außerhalb jeglichen Vorstellungsvermögens, auch deshalb, weil Urlaub in seinem Leben und zu dieser Zeit insgesamt für einen Tagelöhner oder Arbeiter, später dann selbständigen Unternehmer, ein undenkbarer Luxus war.

Urlaub meinte einst die Erlaubnis, sich für einige Zeit von der Truppe oder vom Fürstenhof zu entfernen. Goethe reiste noch unerlaubt durch Italien, in steter Furcht, nach Weimar zurückbeordert zu werden. Als bezahlte Freistellung von der Arbeit wurde der Urlaub erstmals für Staatsdiener im Kaiserreich eingeführt; Spitzenbeamte erhielten volle sechs Wochen. Bald folgten die (leitenden) Angestellten, doch nur zehn Prozent der Arbeiterschaft zählten zu den Glücklichen, denen der Fabrikherr einige Tage im Jahr freigab.

Mit der Anerkennung der Gewerkschaften nach dem Krieg, da war er gerade dreiundzwanzig Jahre alt, erhielt erstmals die Mehrheit der abhängig Beschäftigten Urlaub, allerdings meist weniger als eine Woche. In den letzten Jahren war die durchschnittliche Zahl von Urlaubstagen bei Arbeitern und Angestellten auf acht bis zwölf Tage angestiegen. Die Ausweitung des Urlaubsanspruchs durch die Nazis, um das „Herz der

Arbeiter" zu gewinnen, sollte erst in einigen Jahren erfolgen. In zwei Jahren sollte auch die Organisation „Kraft durch Freude" gegründet werden, mit dem Ziel der „Schaffung der nationalsozialistischen Volksgemeinschaft" und der „Vervollkommnung und Veredelung des deutschen Menschen". Erst nach dem Zweiten Weltkrieg stieg die Urlaubsdauer in Ost- und Westdeutschland auf drei beziehungsweise vier Wochen pro Jahr.

Im Jahr seiner Geburt starben in London der vierundsiebzigjährige Friedrich Engels und in der Nähe von Paris der zweiundsiebzigjährige Louis Pasteur. Im schwedisch-norwegischen Club in Paris unterzeichnete Alfred Nobel ein Jahr vor seinem Tod sein letztes Testament, in dem er die Einrichtung eines Preises für die Kategorien Physik, Chemie, Physiologie oder Medizin und Literatur verfügte. Außerdem sollte alljährlich jemand ausgezeichnet werden, der sich besonders für die Verbrüderung der Völker, die Abschaffung oder Reduzierung von Armeen sowie den Frieden eingesetzt hat.

Geboren wurden im selben Jahr Anna Freud, Max Horkheimer, Carl Orff, Jiddu Krishnamurti und Buster Keaton. In Paris fand die erste öffentliche Filmvorführung durch die Brüder Lumière statt. Der Film zeigt, wie vier Männer mit einem Sprung von einem Steg ins Meer tauchen und diesen Vorgang mehrfach wiederholen. In einem anderen, rund fünfundvierzig Sekunden langen Streifen wird eine familiäre Szene gezeigt, in der ein Baby von seinen Eltern am Frühstückstisch gefüttert wird. Dass hundertelf Jahre später bei Youtube solche Szenen millionenfach ins Netz gestellt werden würden und am heimischen PC angeschaut werden könnten, wäre nicht den kühnsten Phantasten in den Sinn gekommen, abgesehen davon, dass diese Begriffe nur für verständnisloses Stirnrunzeln gesorgt hätten. Noch sein Enkel würde mit sechsundfünfzig Jahren darüber staunen, für seinen achtzehnjährigen Urenkel würde dies bereits Normalität sein.

In seinem Geburtsjahr schlossen die Städte Frankfurt (mit seinen hundertachtzigtausend Einwohnern) und Bockenheim (mit seinen zwanzigtausend Einwohnern) einen Eingemeindungsvertrag, durch den Bockenheim zu einem Frankfurter Stadtteil wurde. Im selben Jahr war mit großem Aufwand und Pomp die Eröffnung des Kaiser-Wilhelm-Kanals zwischen Nord- und Ostsee gefeiert und bejubelt worden. Conrad Röntgen hatte die später nach ihm benannte Strahlung entdeckt und der französische Biologe Louis Pasteur erfand ein Verfahren zur Abtötung von Mikroorganismen, das heute unter dem von seinem Namen abgeleiteten Begriff Pasteurisierung bekannt ist. In Trabzon wurde von Einheimischen ein Massaker an den Armeniern verübt, das mehrere hundert Tote forderte. Theodor

Fontane veröffentlichte seinen Roman *Effi Briest*, und Oscar Wilde wurde wegen seiner Homosexualität, im prüden England damals verhüllend „Unzucht" genannt, zu zwei Jahren Zuchthaus mit schwerer körperlicher Zwangsarbeit verurteilt, eine Strafe, an deren Folgen Wilde nur drei Jahre später sterben sollte.

Als sein dritter Sohn, dem er den Namen seines Vaters gab, damit Großvater und Enkel denselben Vornamen haben, am letzten Dienstag im August geboren wurde, in dem kleinen 900-Seelen-Dörfchen Lauter in der Rhön, gerade mal einen Tagesmarsch entfernt von dem 700 Einwohner zählenden Großbardorf, Luftlinie dreißig Kilometer, wo die Sippe der Zieglers seit Generationen wohnte, war er achtundzwanzig Jahre alt. Dass er in einigen Jahren ins Dorf seiner Frau in den Vorspessart ziehen würde, war genauso wenig absehbar wie der Umzug des Zimmermanns Leo Ziegler ins Dorf seiner Frau fünfzehn Jahre zuvor. Die Entfernung zwischen diesen beiden Dörfern betrug lediglich zehn Kilometer, gute Voraussetzung für seinen dritten Sohn, dereinst die sechste Tochter des Zimmermanns kennenzulernen, um ein Jahr nach der Hochzeit und ebenfalls mit achtundzwanzig Jahren stolzer Vater eines Sohnes zu werden.

In den achtundzwanzig Jahren zwischen seiner eigenen Geburt und der Geburt seines dritten Sohnes hatte sich Wichtiges und Wegweisendes ereignet. Im Jahr seiner Geburt hatte die sechs Jahre zuvor gegründete Zeitschrift *La Esperantisto* einen übersetzten Artikel von Tolstoi mit dem Titel *Vernunft und Glaube* abgedruckt. Dies veranlasste die Zensur des zaristischen Russlands, ein Einfuhrverbot für die Zeitschrift zu verhängen. Damit verlor *La Esperantisto* sechzig Prozent ihrer Abonnenten und musste kurz darauf eingestellt werden. Zu diesem Zeitpunkt hatte die Zeitschrift siebenhundertsiebzehn Abonnenten und erschien monatlich. Im Geburtsjahr seines dritten Sohnes fand in Nürnberg ein Weltkongress der Esperantisten mit fast fünftausend Teilnehmern statt.

Im Jahr nach seiner Geburt eröffnete an der Friedrichstraße das erste Berliner Kino. In kleineren Städten und ländlichen Regionen spielten die Wanderkinos eine bedeutende Rolle. Manchmal waren es Zirkusse, die sich auch als Filmvorführer betätigten, um in Gasthäusern oder Gemeindesälen für mehrere Tage ihr Filmprogramm vorzuführen. Die Filme überschritten selten die Länge von einer Minute. Im Jahr der Geburt seines dritten Sohnes aber gab es in den Großstädten richtige Kinopaläste, die in ihrer Architektur und Eleganz den prunkvollen Theatern und Opernhäusern meist um nichts nachstanden. Der bereits bei der Geburt seines ersten Sohnes eröffnete „Ufa-Palast am Zoo" in Berlin wurde zwei Jahre nach der Geburt seines dritten Sohnes von 1740 auf 2165 Sitzplätze erweitert.

Als er zehn wurde, in dem Jahr, als der sechsundzwanzigjährige Albert Einstein seine „spezielle Relativitätstheorie" veröffentlichte, fand der erste Esperanto-Weltkongress in Nordfrankreich statt. Nach dem Krieg wurden weitere Gruppen und Landesverbände gegründet und es kam zur verbesserten Zusammenarbeit auf internationaler Ebene. Kurz vor der Geburt seines dritten Sohnes wurde als Organisation der Arbeiter-Esperantobewegung die „Sennacieca Asocio Tutmonda" (SAT) gegründet. Der Begriff *sennacieca* bezieht sich auf die „nationslose", „anationale" Ausrichtung des Verbandes. Er vereint linke Esperanto-Sprecher ganz unterschiedlicher politisch-ideologischer Herkunft, zum Beispiel Sozialdemokraten, Freidenker und Kommunisten. Die SAT hat ausschließlich Einzelmitglieder, sie arbeitet aber mit den meist auf nationaler Ebene organisierten Arbeiter-Esperantoverbänden zusammen. Die Organisation hatte es sich zur Aufgabe gemacht, die internationale Plansprache Esperanto für die Klassenziele der weltweiten Arbeiterschaft einzusetzen sowie die internationalistische Bildung der Mitglieder zu fördern.

Er war zwei Jahre alt, als nicht nur seine Schwester in Lauter, sondern auch Sepp Herberger in Mannheim geboren wurde, der in der Kindheit seines Sohnes ein begehrter und bekannter Fußballspieler werden sollte und in der Kindheit seines Enkels das „Wunder von Bern" vollbringen würde. Noch bevor er in die Volksschule kam, starb Friedrich Nietzsche, Pablo Picasso malte die ersten Bilder seiner Blauen Periode, Thomas Mann veröffentlichte die *Buddenbrooks* und Sigmund Freud seine *Traumdeutung* und die *Psychopathologie des Alltagslebens*. Nach langjähriger Beratung in zwei Juristenkommissionen trat das BGB in Kraft, in dem erstmals einheitlich die Gleichberechtigung der Frau hinsichtlich der Geschäftsfähigkeit festgeschrieben wurde. Der Zehnstunden-Arbeitstag (in einer Sechstagewoche) wurde gesetzlich geregelt. In seiner Kindheit gab es noch keinen arbeitsfreien Samstag, an dem Vati hätte ihm gehören können. Überhaupt, wie sollte ein Vater bei einem Zehnstunden-Arbeitstag, und dies an sechs Tagen in der Woche, etwas von seinen Kindern mitbekommen? Wenn er das Haus verließ, schliefen sie noch und wenn er nach Hause kam, schliefen sie bereits wieder, wenn er nicht gar während der Woche auf Montage war und deshalb nur am Sonntag nach Hause kam. Irgendwie schon erstaunlich, dass er unter diesen Bedingungen noch zwei weitere Geschwister erhielt: Sein Bruder wurde geboren, als er selbst in die Schule kam, und seine jüngste Schwester, als er neun war, so alt wie sein dritter Sohn heute. In jenem Jahr erhielt Iwan Pawlow den Nobelpreis für seine Forschungen über die Verdauungsdrüsen. Zwischen der Geburt seines Bruders und der seiner Schwester war in Berlin die erste U-Bahn Deutschlands eingeweiht worden.

Zehn Tage nach seinem neunten Geburtstag wurde in Paris im Hinterhaus des Sitzes der „Union des Sociétés Françaises de Sports Athlétiques" an der Rue Saint Honoré 229 die „Fédération Internationale de Football Association" (FIFA) gegründet. Zu den Gründungsmitgliedern zählten Belgien, Dänemark, Frankreich, die Niederlande, Schweden, die Schweiz und Spanien. Noch am Gründungstag meldete sich der Deutsche Fußball-Bund telegrafisch an. Binnen eines Jahres folgten England, Österreich, Italien, Ungarn, Schottland, Wales und Irland. In den Jahren bis zum Krieg schlossen sich auch Südafrika, Argentinien und Chile sowie die USA an.

Anlässlich der Olympischen Sommerspiele in London und Stockholm fanden in seiner Jugendzeit Fussball-Turniere statt, die beide von England gewonnen wurden. Der Krieg unterbrach diese Entwicklung des organisierten Fußballs und seiner die Völker verbindenden Mission. Die nächsten internationalen Turniere in Paris und in Amsterdam, denen allerdings England noch fernblieb, fanden erst nach der Geburt seines dritten Sohnes statt. Beide Male gewann Uruguay, das vor zwei Jahren den Zuschlag erhalten hatte, die erste Fußball-Weltmeisterschaft auszurichten, an der dann allerdings wegen der zwischenzeitlich ausgebrochenen Wirtschaftskrise nur vier europäische Mannschaften teilnahmen. Und jetzt, im Jahr, da sein dritter Sohn neun Jahre alt wurde, fand kein Olympisches Fußballturnier statt, weil man sich nicht über den Amateurstatus der Fußballspieler einigen konnte.

Im fernen China war, als in der Rhön er selbst gerade dreizehn Jahre alt wurde, von ihm unbemerkt wie das Umfallen eines Sacks Reis, der zweijährige Pu Yi zum chinesischen Kaiser gekrönt worden; vier Jahre später, als er siebzehn wurde, dankte dieser letzte chinesische Kaiser ab und die Republik China wurde proklamiert. Nicht ganz so weit hinter dem Horizont, aber aus der Perspektive der Rhön dennoch kaum bemerkbar, wurde im selben Jahr die erste U-Bahnlinie von Hamburg eröffnet, und die Titanic ging auf ihrer Jungfernfahrt nach Kollision mit einem Eisberg im Nordatlantik unter. In Frankfurt-Bockenheim wurde die Johann Wolfgang von Goethe-Stiftungsuniversität gegründet, die, in seinem neunzehnten Lebensjahr, im Sommersemester mit vierundvierzig per Handschlag immatrikulierten Studenten ihren Lehrbetrieb eröffnete. Von den im Wintersemester immatrikulierten 618 Studenten waren hundert Frauen. Dreiundneunzig Jahre später, im neunzehnten Lebensjahr seines Urenkels, sollten von den im Wintersemester über 3400 neu immatrikulierten Studenten fast zwei Drittel weiblichen Geschlechts sein. Die Gesamtzahl der Studierenden liegt dann bei knapp dreiunddreißigtausend, davon fast sechzig Prozent Frauen.

Während seiner Kindheit und Jugend in der Rhön war das Deutsche Reich noch eine konstitutionelle Monarchie. Friedrich Wilhelm Viktor Albert von Preußen aus der Dynastie der Hohenzollern war König von Preußen und Deutscher Kaiser. Er befand, dass die chinesischen Boxer, und damit waren keine Sportler gemeint, sondern Mitglieder des Geheimbundes *Yi-he quan* („Faust für Recht und Einigkeit"), die die Missionierung und Industrialisierung Chinas durch Fremde bekämpften, die deutsche Fahne beleidigt und dem Deutschen Reich Hohn gesprochen hätten: „Das verlangt exemplarische Bestrafung und Rache." *We didn't start the fire.* Vom Bündnis der Vereinigten acht Staaten, d. h. dem Deutschen Reich zusammen mit Frankreich, Großbritannien, Italien, Japan, Österreich–Ungarn, Russland und den USA, wurden die Chinesen besiegt, alles noch bevor er in die Schule kam. Wilhelm Conrad Röntgen wurde mit dem Physik-Nobelpreis ausgezeichnet, und Albert Einstein trat seinen neuen Job im Patentamt in Bern an. Leo N. Tolstoi wurde wegen „blasphemischer Äußerungen" aus der russisch-orthodoxen Kirche ausgeschlossen, es kam zu Menschenaufläufen und Demonstrationen für den Dichter in Moskau und Sankt Petersburg. Als er fünfzehn war, wurde eine vereinfachte Variation des Spiels „Pachisi" erfunden, die unter dem Namen Mensch-ärgere-Dich-nicht ein Welterfolg wurde. Kurz danach wurde der Mercedes-Stern kreiert und eine technische Neuerung entwickelt, deren Ausmaße man sich damals noch gar nicht ausmalen konnte: Im Deutschen Museum in München wurde der erste Fernsehapparat der Welt öffentlich aufgestellt.

Während er in der Rhön, sozusagen hinter den Bergen, die Schulbank drückte, fanden weit, weit hinter dem Horizont die Schlachten der Welt statt. In Deutsch-Südwestafrika, das klingt fast so unwirklich wie Frankfurt-Hahn, also im heutigen Namibia, mündete die Niederschlagung des Aufstands der Herero und Nama in einen Völkermord durch die deutsche Kolonialmacht. In der chinesischen Stadt Lüshunkou, im Westen auch als Port Arthur bekannt, begann der Russisch-Japanische Krieg, der nach einer Reihe verlustreicher Schlachten mit einer Niederlage der russischen Seite endete, als er selbst zehn Jahre alt wurde. Danach entwickelten sich im zaristischen Russland revolutionäre Unruhen und auch im Iran und im Osmanischen Reich arbeiteten politische Bewegungen auf konstitutionelle Staatsformen hin. Im Deutschen Reich sollte die parlamentarische Demokratie derweil noch bis nach dem Weltkrieg warten müssen.

Der Weltkrieg, den er beim Fahrradbataillon als Neunzehn- bis Dreiundzwanzigjähriger mitmachte, forderte rund siebzehn Millionen Menschenleben in Europa, im Nahen Osten, Afrika und Ostasien. Von diesen Ereignissen ungebremst, veröffentlichte Ende 1915 der kaum 37 (!) Jahre alte Albert Einstein seine

„allgemeine Relativitätstheorie" und die Popularität von Charles Spencer Chaplin Jr., der sechs Jahre älter war als er, erreichte ihren ersten Höhepunkt. Chaplin wurde, allerdings ohne an den Einkünften beteiligt zu werden, zum Mittelpunkt einer umfassenden Vermarktung, die Chaplin-Puppen, Zeitungscomics und Lieder über den kleinen Tramp beinhaltete.

In dem Jahr, als Chaplin, aus Erfahrungen klug geworden, die Filmgesellschaft United Artists gründete, hatte er in der Rhön mit vierundzwanzig Jahren, direkt nach dem Krieg, die junge Frau geheiratet, die er während seiner Stationierung in der Aschaffenburger Kaserne kennen gelernt hatte. Seine Mutter war auch vierundzwanzig gewesen bei der Hochzeit, sein Vater fünfundzwanzig. Seine Frau war anderthalb Jahre jünger als er, am Weihnachtstag geboren, und dann ging es, was die Kinderzahl betrifft, Schlag auf Schlag: In dem Jahr, als sein zweiter Sohn gezeugt wurde, hatte Charles Chaplins erster langer Film *The Kid* Premiere, vier Jahre später, als der *Goldrausch* anlief, hatten sie schon vier Kinder, drei Jungs und ein Mädel. Was das Einkommen betrifft, ging es weniger gut voran. Nicht sehr überraschend für einen Tagelöhner in der Rhön der 1920er-Jahre. Die Einwohnerzahl des Dörfchens Lauter hatte in den letzten zwanzig Jahren sogar noch abgenommen, viele Bewohner versuchten ihr Glück in den Städten. Maurer oder Tüncher wurden kaum gebraucht, außer vielleicht zum Anzementieren des Jesuskopfes, den ein Lauterer Bauer aus seinem Feld geackert hatte, an die Statue, die später als große Sehenswürdigkeit und wichtiges Kunstwerk aus der Stauferzeit in der Filialkirche Lauter ausgestellt wurde, jener Kirche, in der sein dritter Sohn, der heute neun wurde, das Sakrament der Taufe erhalten hatte. Seine Kommunion aber würde er erst nächstes Jahr in Gailbach feiern.

Kapitel 4

Sonntag, 23.6.1918, Glattbach

Zimmermanns-Hammer, Wind-Rose und Zug-Trompete, oder auch Tenor-Posaune, jedenfalls kein Saiteninstrument. Er war Zimmermann und sein Schwager war Musiker, in einer Blaskapelle. Taufen, Hochzeiten und Beerdigungen, da kommt man rum im Land. *Maikäfer flieg! Pommerland ist abgebrannt.* Die typischen Exemplare in der Kategorie der Vornamen waren für Jungen Karl, Hans und Wilhelm, für Mädchen Gertrud, Anna und Martha. Und das typische Exemplar eines Gesellschaftsspiels ist Mensch-ärgere-Dich-nicht, das an das indische „Pachisi" erinnert. Vor acht Jahren in München erschienen, hatte es seinen Durchbruch im Krieg erzielt, weil der Spielehersteller dreitausend Exemplare an Lazarette geschickt hatte, damit sich die Soldaten die Langeweile vertreiben konnten. Mittels Mundpropaganda gelang es innerhalb von zehn Jahren, eine Million Spiele zum Preis von fünfunddreißig Pfennigen zu verkaufen.

Stein, Schere, Papier. Man nimmt an, dass in Japan schon seit Jahrhunderten dieses „Zweipersonen-Nullsummenspiel" gespielt wurde, das dann im 19. Jahrhundert nach Europa gelangte. Im Jahr 1842, na gut, keine 37, sondern 39 Jahre vor seiner Geburt, war in

London der „Schere, Stein, Papier"-Klub gegründet worden, der in diesem Jahr nach Toronto umzog. Bereits sieben Jahre später hatte der Verein über zehntausend Mitglieder. Seit 2002 findet jährlich die zugehörige Weltmeisterschaft in Toronto statt.

Auch er war umgezogen, nicht von London nach Toronto, sondern nur von der Rhön in den Vorspessart, etwa hundert Kilometer Luftlinie. Aber immerhin, für seine Sippe war dies schon ein Riesenschritt. Mindestens seit dem 16. Jahrhundert, wahrscheinlich noch länger, lebten seine Vorfahren in der Rhön, immer in Großwenkheim, erst Mitte des 19. Jahrhunderts war sein Vater umgezogen, nach Großbardorf, vier Kilometer entfernt. Seine Mutter stammte aus Großbardorf. Auch er war wie sein Vater ins Dorf seiner Frau gezogen, nach Glattbach in der Nähe von Aschaffenburg. Ein kleines Dörfchen, das nach der amtlichen Volkszählung von 1905 aus hundertsechzig Haushalten mit insgesamt achthundertachtunddreißig Einwohnern bestand, davon vierhundertzweiundzwanzig männliche und vierhundertsechzehn weibliche Personen.

Die Industrialisierung des 19. Jahrhunderts und die starke Zersplitterung des Bodenbesitzes durch ständige Erbteilung hatten einen ersten Strukturwandel des Ortes vom reinen Bauern- zum Arbeiterdorf mit sich gebracht. Glattbacher gehörten zum Stammpersonal

111

der „Bunt", einer alteingesessenen Fabrik zur Verarbeitung und Veredelung von Papier. Ein Glattbacher, der Schneider Johann Desch, 1848 geboren, war in seiner Werkstatt auf die Idee gekommen, Anzüge nach Normalmaßen auf Vorrat zu nähen und von Heimarbeitern nähen zu lassen. Diese ersten Konfektionsanzüge fanden reißenden Absatz in den aufstrebenden Industriestädten Hanau, Frankfurt und Offenbach. Das Unternehmen vergrößerte sich rasch, Johann Desch kaufte ein Haus in Aschaffenburg und ließ 1874 die erste Herrenkleiderfabrik in das Handelsregister der Stadt eintragen. Die Wiege dieses einst so bedeutenden Industriezweigs des Aschaffenburger Raums war jene Schneiderwerkstatt in Glattbach.

Vor kurzem hatte die Einwohnerzahl Glattbachs die Tausenderschwelle überschritten. Er war dreißig Jahre alt gewesen, als das Glattbacher Elektrizitätswerk errichtet, und zweiunddreißig, als das neue Spritzenhaus in der Kuhgasse eröffnet wurde. Vor acht Jahren, da war er neunundzwanzig gewesen, hatte er geheiratet, am 10.1.10, das war leicht zu merken. Dass sein Enkel mal ein Faible für Zahlenspielereien haben sollte, hat wohl nichts damit zu tun, nehme ich an. Bei dessen Geburt hatte Glattbach übrigens schon knapp tausendneunhundert Einwohner, bei der Geburt seines Urenkels waren es dann dreitausendzweihundert.

Nun, als der „Schere, Stein, Papier"-Klub nach Toronto umzog, war er 37, seine Familie hatte inzwischen sechs Mitglieder, seine Frau, drei Jahre jünger als er, hatte bereits vier Mädchen geboren, das erste elf Monate nach der Hochzeit, nicht allzu viel Zeit für das Zweipersonen-Nullsummenspiel, aber das war für diese Zeit eher typisch, dann im Abstand von etwa zwei Jahren drei weitere Mädchen, alles schwere Geburten, bei der ersten war es sogar nur mit der Zange gegangen. Ein Stammhalter war noch nicht dabei, sehr zum Leidwesen seiner Frau. Deren Zwillingsschwester hatte nämlich schon vier Jungs. Sollten sich eventuell Zwillinge darin unterscheiden, dass die eine die Jungs kriegt und die andere die Mädchen? In der Tat sollten es bei den sechs Kindern der Zwillingsschwester fünf Jungs und als jüngstes ein Mädchen werden. Bei ihm selbst, aber das wusste er zu diesem Zeitpunkt noch nicht, sollte es bei sechs Mädchen bleiben, das siebte Kind, das ein Junge geworden wäre, war eine Fehlgeburt oder ein „früher Abgang".

Er musste dieser Zwillingsschwester ja eigentlich dankbar sein. Sie hatte einen Musiker aus Großbardorf geheiratet und wollte ihre Schwester mit dessen Bruder verkuppeln. Dies misslang wegen Nichtgefallens des Musikerbruders und auf dem Rückweg von dem „Verkuppelungsversuch" war er mit demselben Zug von Bad Kissingen nach Aschaffenburg gefahren. Der Zwillingsschwester und dem Tunnel von Heigenbrü-

113

cken musste er dankbar sein: In dem hatte sich herausgestellt, dass bei ihm von Nichtgefallen keine Rede sein konnte. Er war Zimmermann und arbeitete damals in Frankfurt beim Aufbau der Zeil mit, die als eine der bekanntesten und umsatzstärksten Einkaufsstraßen in Deutschland galt. Bei seiner Geburt war die Zeil, die bis dahin nur von der ehemaligen Konstablerwache bis zur Hauptwache reichte, um einen halben Kilometer nach Osten bis an die Friedberger Anlage verlängert worden, womit die Idee einer den gesamten alten Stadtkern in Ost-West-Richtung durchquerenden Achse vollendet wurde. In jenem Jahr hatte Frankfurt „schon" fast hundertvierzigtausend Einwohner, zehn Jahre zuvor waren es nur neunzigtausend gewesen. Bei der Geburt seines Enkels, der in Frankfurt studieren würde, waren es schon mehr als eine halbe Million, bei der Geburt von dessen Sohn, seines Urenkels, sollten es über sechshunderttausend sein.

Er hatte soeben erst seine Lehre beendet, als es zu einem nie dagewesenen Bauboom kam, der vielen Zimmerleuten Arbeit verschaffte, ihn aus dem kleinen Rhöndorf mit siebenhundertfünfzig Einwohnern in die große Viertelmillionen-Stadt lockte und das Gesicht der Zeil bis zum Ersten Weltkrieg völlig veränderte. Große Geschäftshäuser, Kaufhäuser und Warenhäuser ersetzten die barocken und klassizistischen Stadtpaläste, und bereits um 1900 waren weniger als zwanzig der die Zeil um 1850 noch prägenden Gebäude verblieben. Veränderungen, die sich in kurzer Zeit und für alle Zeitgenossen sichtbar vollzogen.

Unbemerkt und über den Wolken fanden andere Ereignisse statt, deren Tragweite erst die nächste oder übernächste Generation ermessen würde: Vor zwei Jahren, mitten im Krieg, veröffentliche Einstein die „allgemeine Relativitätstheorie". Vor fünf Jahren war Roger Wolcott Sperry zur Welt gekommen, der 1981, den Nobelpreis in Medizin/Physiologie erhalten wird, wenn sein Enkel dreißig sein würde. Vor einem halben Jahr wurde Ilya Prigogine geboren, der 1977 den Nobelpreis in Chemie erhalten wird, sein Enkel dann sechsundzwanzig Jahre alt. Und auch John F. Kennedy, der 1963 ermordet wird, das erste politisch prägende Erlebnis seines zwölfjährigen Enkelsohnes.

Vor einem halben Jahr hatten die Dreharbeiten zu *A Dog's Life* begonnen, die bereits nach zwei Monaten beendet wurden. Direkt nach Abschluss der Dreharbeiten ging Charlie Chaplin auf eine Tournee durch die Vereinigten Staaten, um für den Kauf von Kriegsanleihen zu werben. Auch Chaplins nächster Film sollte den Krieg zum Thema haben. Nach einigen Mühen, eine passende Handlung zu finden (Chaplin arbeitete noch immer ohne Drehbuch), entstand *Gewehr über (Shoulder Arms)*, der zu einem der größten finanziellen Erfolge in Chaplins Karriere wurde.

An diesem Sonntag, seinem 37. Geburtstag, herrschte bereits seit vier Jahren Krieg, und auch ganz konkret meteorologisch gesehen war es erheblich zu kalt in Deutschland. Gestern war die Temperatur auf dem Feldberg im Taunus auf minus sechs Grad gefallen – und das im Juni! Die Schneegrenze sank auf sechshundert Meter. Und nicht nur in Deutschland. An diesem Tag fiel erstmals seit Menschengedenken im argentinischen Buenos Aires und an anderen Orten des Landes Schnee. Schon vor ein paar Wochen war in der Provinz Ostpreußen die Temperatur bis auf null Grad gefallen. Stellenweise herrschte dichtes Schneetreiben. In den südlichen Landesteilen wurde die Roggenernte schwer geschädigt. Vor einer Woche waren die Frauen des deutschen Reiches von der Regierung aufgefordert worden, Schmuck und Gold abzugeben. Mit dem Erlös sollten die Getreidelieferungen aus der Ukraine bezahlt werden.

An diesem Tag fand in Eisenach der außerordentliche deutsche Ärztetag statt. Die Standesvertreter sprachen sich gegen Bemühungen der Regierung aus, den Kreis der Pflichtversicherten zu erweitern. Wegen zu niedriger Honorare aus der Krankenversicherung sei der ärztliche Stand bei einer Verringerung der Zahl der Privatversicherten nicht mehr lebensfähig. Seinem Enkel und seinem Urenkel würde diese Argumentation zweiundneunzig Jahre später merkwürdig zeitgemäß vorkommen. Als unzeitgemäß hingegen würden

116

beide ein Rundschreiben der deutschen Reichsregie-
rung an die Standesbeamten empfinden, in dem eine
Woche zuvor die vaterländische Pflicht betont wurde,
dass Eltern ihren Kindern deutsche Taufnamen geben.
Obwohl es auch zweiundneunzig Jahre später einen
fremdenfeindlichen rassistischen Bestseller geben
würde, in dem die Befürchtung vertreten wurde,
Deutschland schaffe sich ab, wenn zu viele Mitbürger
mit ausländischen Namen und Sitten einwandern.

Sein Vater war vor vier Jahren gestorben, mit fünfundsechzig, zwei Wochen bevor Österreich-Ungarn Ser-
bien und das Deutsche Reich dessen Bündnispartner
Russland den Krieg erklärten. Seine Mutter war bereits
mit sechsunddreißig gestorben, als er fünf Jahre alt
war. Sein Asthma hatte ihn davor bewahrt, allzu viel
von diesem Krieg mitmachen zu müssen. Er war ohnehin mehr für das Aufbauen als für das Zerstören
von Häusern geschaffen. Während des Ersten Weltkriegs war Frankfurt Ziel von elf Fliegerangriffen gewesen. Trotzdem näherte sich seine Einwohnerzahl
inzwischen der halben Million. Na gut, in den letzten
dreiundzwanzig Jahren waren schließlich durch verschiedene Eingemeindungen etliche Stadtteile hinzu-
gekommen, vor acht Jahren, da war er neunundzwanzig gewesen und gerade frisch verheiratet in Glattbach,
waren in einem Rutsch Berkersheim, Bonames, E-
ckenheim, Eschersheim, Ginnheim, Hausen, Hed-
dernheim, Niederursel, Praunheim, Preungesheim und

Rödelheim eingemeindet worden, noch mal zehn Jahre vorher, da war er neunzehn und lebte noch in der Rhön, waren es Seckbach, Niederrad und Oberrad gewesen. In zehn Jahren, zwei Jahre nach der Geburt seiner letzten Tochter in Glattbach, sollten dann noch Fechenheim, Griesheim, Höchst, Sindlingen, Unterliederbach, Zeilsheim und Sossenheim dazukommen.

Wachstum allenthalben: Vor dreiundzwanzig Jahren, als Frankfurt noch knapp zweihundertdreißigtausend Einwohner hatte, wurde in Lauter in der Rhön, in dreißig Kilometern Luftlinie zu seinem Geburtsort, der Vater seines zukünftigen Schwiegersohnes geboren. Seine jüngste Tochter, die dieser heiraten würde, wenn Frankfurt die halbe Million überschritten haben wird, ist heute, als er 37 wird, noch gar nicht geboren. Vor einundzwanzig Jahren, da war er sechzehn und mitten in der Lehre als Zimmermann, wurde in Mannheim Sepp Herberger geboren, der dereinst das „Wunder von Bern" vollbringen wird. Dann wird er dreiundsiebzig sein und nur noch vier Jahre zu leben haben. Den Sohn seiner jüngsten Tochter wird er noch erleben, wenn dieser in die Volksschule kommt.

In den fünfundvierzig Jahren zwischen seiner eigenen Geburt und der Geburt seiner jüngsten Tochter gab es massive Veränderungen, nicht so sehr in der kleinen Rhön oder in dem Dörfchen im Vorspessart, in das er gezogen war, sondern eher hinter den Bergen und weit jenseits des Horizonts eines kleinen Zimmermanns: Bereits elf Jahre vor seiner Geburt hatte das Erste Vatikanische Konzil das Dogma von der Unfehlbarkeit des Papstes verkündet, und Frankreich hatte nach der Emser Depesche Preußen den Krieg erklärt, *no, we didn't start the fire!* Nach dem Sieg über Frankreich entstand das Zweite Deutsche Kaiserreich mit der Krönung Kaiser Wilhelms I. im Spiegelsaal von Versailles. Dass die Sieger aber auch immer die Besiegten demonstrativ demütigen, ein typisches Exemplar der Kategorie Arroganz und Ignoranz! So wiederholt sich Geschichte.

Wenige Jahre vor seiner Geburt wurden sowohl Hermann Hesse als auch Josef Stalin geboren, Buda und Pest wurden zu Budapest, Berlin wurde zur Hauptstadt des Deutschen Reiches und überschritt die Einmillionen-Grenze. In Frankfurt am Main mit seinen hunderttausend Einwohnern wurde die Straßenbahn in Betrieb genommen und England begann einen Krieg mit Afghanistan, *no, we really didn't start the fire, it was always burning since the world's been turning.* Ein Jahr vor seiner Geburt war der Bodensee komplett zugefroren gewesen, und es hatte sogar schon den ersten Kaiserschnitt gegeben. Geburten waren aber noch in der Regel Sache der Hebammen und nicht der Ärzte.

Im Jahr seiner Geburt war das zehn Jahre zuvor gegründete Deutsche Reich noch eine konstitutionelle

Monarchie, der Reichskanzler Bismarck hatte die kaiserliche Botschaft Wilhelms I. verlesen, mit der die deutsche Sozialgesetzgebung eingeleitet wurde. Bayern war Königreich innerhalb des Deutschen Reiches, wurde vom „schwermütigen" König Otto regiert, der von seinem Onkel Luitpold vertreten wurde. In diesem Jahr wurden in Frankreich die ersten gebührenfreien staatlichen Volksschulen für die allgemeine Bevölkerung eingerichtet. In der englischen Grafschaft Surrey wurde das erste mit Wasserkraft betriebene Elektrizitätswerk der Welt in Betrieb genommen, in Berlin das erste Telefonnetz eröffnet, Wien und Hamburg folgten umgehend. In Berlin-Lichterfelde fuhr im Probebetrieb die erste elektrische Straßenbahn der Welt. In Paris eröffnete die erste Internationale Elektrizitätsausstellung, der Gotthard-Eisenbahn-Tunnel wurde fertiggestellt, und im Tal der Könige in Ägypten wurde ein Grab mit vierzig ägyptischen Königsmumien gefunden. Louis Pasteur verabreichte die erste Schutzimpfung gegen Tollwut, und Pablo Picasso erblickte das Licht der Welt.

In seinem Kindesalter begann sich der Erste Mai als Tag der Arbeit durchzusetzen, Hiram Maxim erfand das Maschinengewehr, Gottlieb Daimler und Wilhelm Maybach bauten ihr erstes Motorrad, und bald fuhr auch das erste Automobil von Daimler und Benz mit Benzinmotor, Mark Twain schrieb *The Adventures of Huckleberry Finn*, Vincent van Gogh malte *Die Kartoffel-*

esser, und in Chicago wurde der erste Wolkenkratzer der Welt gebaut. In Deutschland starb Kaiser Wilhelm I. mit fast einundneunzig Jahren und in Frankreich wurde anlässlich des hundertjährigen Jubiläums der Französischen Revolution der Eifelturm für das Publikum freigegeben.

Er war sechs Jahre alt, als die erste Publikation über Esperanto erschien. Noch vor seiner Geburt, genaugenommen zwei Jahre vorher, hatte Ludwik Zamenhof eine erste Version seiner Kunstsprache im Kreise seiner Freunde vorgestellt. Er war acht, als Adolf Hitler geboren wurde und neun, als sich Vincent van Gogh erschoss.

In seiner Jugend wurde der Reißverschluss erfunden und die Brüder Lumiere präsentierten in der ersten öffentlichen Filmvorführung in Paris kleine Kurzfilme. Er war gerade volljährig, als das Unternehmen Rolls-Royce gegründet wurde und, zeitgleich, in „Deutsch-Südwestafrika", der Herero-Aufstand ausbrach. In seinen Zwanzigern kam George Orwell zur Welt, Pawlow erhielt den Nobelpreis, der erste Esperanto-Weltkongress fand statt, und der zweijährige Pu Yi wurde zum chinesischen Kaiser gekrönt. Er war einunddreißig, als die Titanic auf ihrer Jungfernfahrt nach einer Kollision mit einem Eisberg sank, der letzte Chinesische Kaiser abdankte und die Republik China proklamiert wurde, siebenunddreißig, als der sechzigjährige Max Planck den Nobelpreis für Physik erhielt. Er war vierzig, als Chaplins erster langer Film *The Kid* Premiere hatte, und zweiundvierzig, als am letzten Dienstag im August, genau 174 Jahre nach Goethes Geburt, in Lauter, dreißig Kilometer von seinem Heimatdorf entfernt, der dritte Sohn eines Tagelöhners zur Welt kam, der nach dem Zweiten Weltkrieg sein Schwiegersohn werden sollte, und er war fünfundvierzig, als seine jüngste, die sechste Tochter geboren wurde.

Zwei Wochen nach deren Geburt feierten die Frankfurter ein Volksfest, nein, nicht anlässlich der Geburt seines Nesthäkchens, sondern weil nach zwölfjähriger Umbauzeit die Alte Mainbrücke, die Frankfurt mit Sachsenhausen verbindet, dem Verkehr übergeben wurde. Zweiundsechzig Jahre später sollte der erste Enkel seiner jüngsten Tochter, sein Urenkel, in den ersten Stunden seines Lebens bereits über diese Brücke gefahren werden, in der ersten Nacht des Jahres, in dem der Naturschutzbund den Wendehals (Jynx torquilla) zum Vogel des Jahres erklärte und in dem die Gemeinde Großwenkheim in der Rhön, in der sein Vater und all dessen Vorfahren gelebt hatten, ihr 1200-jähriges Bestehen feierte, obwohl sie seit der Gemeindereform sechzehn Jahre zuvor nicht mehr selbständig, sondern inzwischen Stadtteil von Münnerstadt war. Das aber ist ein anderes Kapitel.

Apropos seine Vorfahren: Der erste, von dem er wusste, hieß Hans und hatte nur zweiunddreißig Jahre gelebt, er war bereits kurz vor der Geburt seines Sohnes gestorben, zur Zeit, in der Galileo Galilei die hydrostatische Waage erfand und in der das erste europäische Kind auf dem Boden der heutigen USA auf die Welt kam. Auch die Mutter seines Sohnes war bei oder kurz nach der Geburt gestorben, sodass dessen Vorname Euchar, das bedeutet: Dankbarkeit, einen bitteren Beigeschmack hat. Dieser Vollwaise starb ebenfalls kurz vor der Geburt seines Sohnes, der den Namen Nikolaus erhielt. Dessen Mutter allerdings überlebte, wurde siebzig und erreichte damit ein für damalige Zeiten eher untypisches Alter.

In den darauf folgenden Generationen trugen all seine Ahnen den Vornamen Nikolaus, teilweise kombiniert mit Johann, offensichtlich typische Exemplare der Kategorie Vorname. Die Vornamenmoden hielten sich offensichtlich in diesen Jahrhunderten noch länger. Der Vorname seines Vaters, Kaspar, bildete eine Ausnahme, und bei ihm selbst war man wieder zum Johann, kombiniert mit Leo, zurückgekehrt. Er hatte seinerseits keine männlichen Nachfahren, stattdessen sechs stattliche Töchter, die auf Familienfotos immer wie die Orgelpfeifen aufgereiht waren. Zwei davon sollten keine Kinder haben, die anderen vier dafür zusammen zwölf, davon sieben Jungs, von denen einer, der erste Sohn der jüngsten, studieren und später sogar promovieren würde. Pfarrer allerdings, wie es sich seine Frau gewünscht hatte, um zumindest in der Generation der Enkel mit ihrer Zwillingsschwester gleichzuziehen, deren Sohn die Priesterweihe erhalten hatte, würde dieser Enkel nicht werden. Vielleicht ist aber dessen Wahl des Psychotherapeutenberufs ein Kompromiss zwischen dem Wunsch der Oma und den antiklerikalen Tendenzen der Nachkriegs-Generation.

Kapitel 5

Mittwoch, 5.1.2011, Frankfurt a.M.

Hammer, Rose und Geige, die „typischen" Exemplare der Kategorien Werkzeug, Blume und Musikinstrument. Ein oft benutztes Beispiel für den „Exemplaransatz" der Gedächtnisforschung. Es gibt aber nicht nur andere Beispiele, sondern auch andere Theorien. Die Zeiten ändern sich. Er ist keine 37, sondern er wird heute 23 Jahre alt. Auch eine berühmte Zahl, nicht erst seit dem gleichnamigen Film, der vor dreizehn Jahren erschien, als er gerade zehn Jahre alt war. Gesehen hatte er diesen Verschwörungsthriller erst Jahre später. Die Anzahl der Chromosomenpaare im menschlichen Erbgut und der Bandscheiben der Wirbelsäule eines Menschen, die Quersumme des Geburtsjahres seines Urgroßvaters, der denselben Namen wie sein Vater hatte, das Geburtsjahr seines Großvaters, in dem in Deutschland die Hyperinflation herrschte.

Und er wohnte nicht mehr in der Hausnummer 37, sondern in der Nummer 17, erster Stock rechts. Mit zwanzig hatte er sich dazu entschieden, aus dem Hotel Mama/Papa in Praunheim auszuziehen, obwohl er von dort aus mit dem Fahrrad nur zwanzig Minuten bis zum Uni-Campus Bockenheim brauchte. Die Zeit war einfach reif – 37 minus 20 ergibt 17, so einfach ist das. Obwohl es noch ein Jahr dauerte, bis die geeignete Eigentumswohnung in Eckenheim, sechs Kilometer Luftlinie, gefunden war, die Schnittmenge zwischen den Ansprüchen des Sohnes und den finanziellen Limits der Eltern.

Sein Vater war seinerzeit mit zweiundzwanzig Jahren aus dem Elternhaus in Glattbach ausgezogen, zum Studieren in Frankfurt, vierundvierzig Kilometer Luftlinie, in eine Wohngemeinschaft, obwohl – eigentlich auch schon mit zwanzig, in den Ersatzdienst, er hatte den Kriegsdienst mit der Waffe verweigert. Der Ersatzdienst, später Zivildienst genannt, dauerte damals noch achtzehn Monate, wurde dann wie der Wehrdienst auch auf fünfzehn Monate reduziert, nach seiner Geburt sogar auf zwölf und bis letztes Jahr schrittweise sogar auf sechs Monate. Er selbst war wegen einer zweimal ausgekugelten Schulter ganz drum rum gekommen. Vor zwei Wochen schließlich hatte das Bundeskabinett eine Aussetzung der Wehrpflicht zum ersten Juli 2011 beschlossen, eine Quasi-Abschaffung des Wehrdienstes, der in dem Jahr eingerichtet worden war, als sein Vater in die Schule kam.

Sein Großvater, dessen Namen er eigentlich hätte tragen sollen, war mit siebzehn ausgezogen, in den Krieg, Dauer sechs Jahre. Bei der Rückkehr aus Krieg und Kriegsgefangenschaft war er sechsundzwanzig. Sein

Urgroßvater, der Großvater seines Vaters, dessen Namen sein Vater trug, war mit neunzehn ausgezogen, auch in den Krieg, Dauer vier Jahre. *The times, they are a'changing.* Er trug nicht den Namen seines Großvaters. Von dieser Tradition hatte sein Vater erst vor kurzem gehört. Sonst hätte er Josef heißen müssen, genannt Sepp oder Jupp oder Seppl. Schlimmstenfalls Dimpfl-moser, Hotzenplotz oder Kasperle. Dann doch lieber Daniel Johannes Elia. Statt des bayerischen eher den biblischen Code.

Die Vornamenmoden folgen ja manchmal seltsamen Wellenbewegungen: Es gab skandinavische Wellen mit Jens, Nils, Finn und Sven, es gab bayerische Wellen mit Franz, Alois, Toni und Benedikt und neuerdings auch wieder biblische Wellen mit Johannes, Lukas, Markus und David. In einer Studie der Arbeitsstelle für Kinderforschung war vor einigen Jahren sogar herausgekommen, dass bestimmte Namen bei Grund-schullehrerInnen negative oder positive Bewertungen erzeugten: Sophie, Charlotte und Marie waren typische Exemplare der Kategorie leistungsstarke Schülerinnen, Chantal, Mandy und Angelina wurden eher als verhal-tensauffällig eingeschätzt. Kevin etwa galt nicht als Name, sondern als Diagnose. Eben ein typisches Ex-emplar der Kategorie Verhaltensstörung.

„Oops", soll die Hebamme kurz nach seiner Geburt gesagt haben, „der mag keine Veränderungen." Welches Kind mag schon Veränderungen? Und welchem Kind bleiben Veränderungen erspart? In den letzten 23 Jahren hatte sich einiges verändert. Der Kirschbaum zum Beispiel vor seinem Fenster, dessen zarte, weiße Blütenpracht er im April immer so gern gesehen hatte, war abgesägt worden. Kein Hanami mehr aus dem Kinderzimmerfenster möglich. Dazu musste er jetzt also nach Japan fliegen. Inzwischen war auf dem Baumstumpf ein Baumhaus für die Kinder des Nachbarn gebaut worden. Eine Veränderung diesseits des Horizonts, und unabhängig von Weltenbränden.

Jenseits des Horizonts und über den Bergen fanden dennoch Weltenbrände und größere Schlachten statt: Im Jahr seiner Geburt endete nach acht Jahren der erste Golfkrieg zwischen Iran und Irak mit mutmaßlich einer Million Toten; zugleich hatte in Armenien ein Erdbeben der Stärke 6,9 mehr als vierhunderttausend Menschen obdachlos gemacht und fünfundzwanzigtausend Todesopfer gefordert. Im Jahr darauf ereignete sich in Peking das Tiananmen-Massaker und in Berlin fiel die Mauer.

Nicht sofort sichtbar, auch kein Weltenbrand, aber Jahre später zeitweilig dennoch weltbewegend war, dass noch vor seinem zweiten Lebensjahr sein Namensvetter Daniel Radcliffe geboren wurde, der als Darsteller von Harry Potter berühmt werden sollte, sowie die Zwillinge Bill und Tom Kaulitz, die, als er siebzehn wurde, unter dem Bandnamen Tokio Hotel einen ähnlichen Hype unter weiblichen Teenagern erzeugten wie zu Zeiten seines Vaters die Beatles. Auch Lena, die vor einem Jahr in Oslo den *Eurovision Song Contest* gewonnen hatte, war in diesem Jahr geboren. Dies ging ihm, wie auch die Gründung der Bands Oasis und Rage against the Machine, gewissermaßen an den Windeln vorbei.

Noch vor seiner Kindergartenzeit wurde der neunundfünfzigjährige Michail Gorbatschow erster Präsident der nur noch kurze Zeit bestehenden UdSSR, und in Moskau wurde das erste russische McDonalds eröffnet. Gorbatschow erhielt in diesem Jahr zudem den Friedensnobelpreis, nein, nicht von und auch nicht für McDonalds. Auf den Philippinen brach der Pinatubo aus und in den Südtiroler Alpen gab ein schmelzender Gletscher den Ötzi frei. Der zweiundsiebzigjährige Nelson Mandela wurde aus der Haft entlassen, nach siebenundzwanzig Jahren. Und während seiner Kindergartenzeit, kurz bevor er in die Schule kam, sollte auch Mandela den Friedensnobelpreis erhalten. Namibia wurde Mitglied der UN. Da wusste er aber noch nicht, dass er als Zweiundzwanzigjähriger einige Wochen an einem Workcamp in Namibia teilnehmen würde.

Auf Oskar Lafontaine und auf Wolfgang Schäuble wurden Attentate verübt, und Helmut Kohl wurde

vom ersten gesamtdeutschen Bundestag wiederge-
wählt, der bald von Bonn nach Berlin umziehen sollte.
Und Deutschlands Fußballer wurden Weltmeister,
wieder mal. Als sein Vater in den Kindergarten gekommen war, war das in Bern schon mal passiert; als
sein Vater so alt war wie er jetzt, nämlich 23, war es
zum zweiten Mal gelungen. Die WHO streicht Homosexualität aus dem Diagnoseschlüssel der Krankheiten
und das „Human Genome Projekt" wurde gestartet.
Der Zweite Golfkrieg mit der „Operation Wüsten-
sturm" begann kurz nach seinem dritten Geburtstag.
Soweit die größeren Schlachten hinter dem Horizont;
der Kirschbaum vor seinem Kinderzimmerfenster
stand in dieser Zeit noch.

Seine Kindergartenzeit war über den Bergen begleitet
von unterschiedlichen Ereignissen, die durchaus zur
Kategorie der historischen Konflikte vorgedrungen
waren und von dem Weltenbrand dieser Jahre zeugten:
dem Krieg in Jugoslawien, der Teilung der Tschecho-
slowakei, dem ersten Sprengstoffanschlag auf das
World Trade Center, der EU-Gründung in Maastricht.
Bill Clinton wird zum zweiundvierzigsten Präsidenten
der USA gewählt, der deutsch-französische Koopera-
tionskanal *Arte* geht auf Sendung, die deutsche Schau-
spielerin Marlene Dietrich stirbt mit einundneunzig
Jahren in Paris, und, damit nicht direkt in Zusammenhang stehend, die Backstreet Boys wurden gegründet.
Wichtiger aber war vor dem Horizont, dass er seine

ersten Freunde gefunden hatte, mit denen er die Adlerwiese hinter dem Haus erobern konnte.

In seiner Grundschulzeit hatte, durchaus relevant für ihn, die Playstation ihre Premiere in Japan, und in den USA wurde Nintendo 64 veröffentlicht. Im Kino tobte der *König der Löwen* und die Dinos waren im *Jurassic Park* los. Kevin war allein zuhaus und Lara Croft erlebte ihre Abenteuer. Zu jener Zeit für ihn noch nicht relevant war, dass im Kino Forrest Gump und Lola rannten, Bruce Willis langsam starb und der bewegte Mann mit dem Wolf tanzte, während mit dem Programm BackRub der Vorläufer von Google entwickelt wurde, Larry Page und Sergey Brin die Domain google.com registrieren ließen, das www-Consortium eingetragen wurde, die Band Linkin Park gegründet wurde und Kurt Cobain per Selbstmord ins Nirvana ging. Hinter dem Horizont fanden das Massaker in Srebrenica und der Völkermord in Ruanda statt und Nelson Mandela wurde erster schwarzer Präsident Südafrikas. In Japan gab es sowohl die erste Klimakonferenz in Kyoto als auch ein Erdbeben der Stärke 7,2 in der Nähe von Köbe sowie einen Terroranschlag der AUM-Sekte in der Tokioter U-Bahn. Zeitgleich versenkte Nick Leeson in Singapur die Barings-Bank.

In dieser Zeit wurde in Frankfurt ein Fixerraum für Heroinsüchtige eingerichtet, die Pflegeversicherung und auch die 35-Stundenwoche in der Metallindustrie eingeführt, das Klonschaf Dolly in der Petrischale gezeugt und Gary Kasparow vom Schachcomputer Deep Blue besiegt. Soll man das nun als Fortschritt werten oder als Weltenbrand? Deutschland wurde Fußball-Europameister, und auf dem Mars landete die Sonde Pathfinder, während sich in London am Trauerzug für Lady Diana zwei bis drei Millionen Menschen beteiligten und Elton John für sie *Candle in the Wind* umdichtete.

Während seiner Gymnasialzeit löste zunächst Windows 98 Windows 95 ab, später in der Oberstufe dann löste auch Windows XP Windows 2000 ab, Gerhard Schröder löste Helmut Kohl ab, Viagra löste die erektile Dysfunktion ab, Berlin löste Bonn ab und, zunächst als Buchgeld, von wenigen bemerkt, löste der Euro die DM ab. Als er dreizehn war, wurde ein 20-DM-Schein zum „Euro-Starterkit" von 10,23 Euro. Oskar Lafontaine und Steffi Graf traten ab, in der Columbine Highschool liefen Eric Harris (18) und Dylan Klebold (17) Amok und im Kosovo marschierten die NATO und die KFOR-Truppen ein. In Hongkong brach die Vogelgrippe aus und Günter Jauch startete „Wer wird´ Millionär?" Mit seinem Vater machte er Ausflüge nach Süddeutschland, um die totale Sonnenfinsternis zu beobachten, und reiste, wie weiland Jesus nach Jerusalem, als Zwölfjähriger zur Expo nach Hannover.

Was für ihn als Dreizehnjährigen die Bilder der in die Twin Towers krachenden Flugzeuge waren, die sich allen Zeitgenossen ins politisch-kulturelle Gedächtnis einbrannten, waren für seinen Vater als Zwölfjährigen die Bilder des Attentats auf John F. Kennedy in Dallas oder – als Sechzehnjährigen – das Bild des erschossenen Benno Ohnesorg in Berlin gewesen. Für seinen Großvater als Dreizehnjährigen waren es eher die Bilder der Olympiade in Berlin und der Sieg des „Ulanen vom Rhein" über den „braunen Bomber" oder – als Sechzehnjährigen – die aus allen Radios tönende heiser brüllende Stimme Hitlers: „Seit 5 Uhr 45 wird jetzt zurückgeschossen! Und von jetzt ab wird Bombe mit Bombe vergolten!" *No, we didn't start the fire.*

Seine Urgroßväter hatten im Alter von dreizehn bis sechzehn weder Radio noch Fernsehen zur Verfügung. Die ihrem Gedächtnis eingebrannten kulturell-weltpolitischen Eindrücke dürften wohl eher mündlich oder per Kinoleinwand übermittelte Ereignisse gewesen sein wie die Attentate auf die Kaiserin Sisi (sein Urgroßvater mütterlicherseits war in jenem Jahr siebzehn) und auf den österreichisch-ungarischen Thronfolger Erzherzog Franz Ferdinand in Sarajewo (sein Urgroßvater väterlicherseits war in jenem Jahr neunzehn).

Sein Musikgeschmack wurde geprägt in der Hoch-Zeit von Metallica und Nirvana, Depeche Mode und den

Red Hot Chili Peppers, den Ärzten und Offspring, Kids on the Block, Madonna und Michael Jackson. Was für seinen Vater Lassie und Fury waren, war in seiner Jugend Son Goku und Pokemon; Bonanza und die Firma Hesselbach fanden ihre Entsprechung im Fernsehen durch die Lindenstrasse und GZSZ, die Simpsons und die unheimlichen Fälle des FBI.

In seiner Jugendzeit starb mit siebenundsiebzig Jahren in Berlin Hildegard Knef, die im Geburtsjahr seines Vaters für Aufruhr gesorgt hatte. Heute würde man mit dem, was damals Porno hieß, keinen Hund mehr hinterm Ofen vorlocken. Marlon Brando, der in der Jugendzeit seines Vaters in einem pornographieverdächtigen Film den letzten Tango in Paris tanzte, starb mit achtzig in Los Angeles. Was inzwischen für Aufruhr im Kino sorgt, sind keine Pornos, sonder politische Filme, wie zum Beispiel der *Untergang*, in dem Bruno Ganz die letzten zwölf Tage des „Dritten Reiches" nachvollziehbar macht. Als er siebzehn wurde, in dem Alter, in dem sein Vater Sgt. Pepper und Jumping Jack Flash hörte und sein Großvater sich freiwillig in den Zweiten Weltkrieg meldete, verwüsteten Katrina und Rita New Orleans, Angie löste Basta-Gerd ab, und aus Josef Alois wurde Benedikt XVI. Wir waren also Papst, so wie wir im vorigen Jahr Lena wurden.

Einige Jahre zuvor war bereits der letzte VW Käfer in Mexiko vom Band gelaufen, die Raumfähre Columbia war explodiert und George und Tony hatten im dritten Golfkrieg Saddam bezwungen, dessen Todesurteil vor fünf Jahren, am achtzigsten Geburtstag seiner Großmutter väterlicherseits, vollstreckt wurde. Ilya Prigogine, der Erforscher der irreversiblen Thermodynamik, starb mit sechsundachtzig Jahren in Brüssel, im Jahr bevor ein Tsunami im Indischen Ozean die Welt und vor allem die Touristen das Fürchten lehrte. In Deutschland wurden andere Wellen ausgelöst, politisch die Protestwelle nach Verabschiedung der Hartz-IV-Gesetze und sportlich die La-Ola-Wellen im Sommermärchen, in dem Deutschlands Fußballer den dritten Platz belegten. Klinsi erhielt dafür das Bundesverdienstkreuz und wurde danach als Bundestrainer von Jogi abgelöst. In diesem Jahr war er achtzehn geworden, volljährig, wahlberechtigt. Ein Jahr später wurde ihm die Hochschulreife bescheinigt und gleichzeitig der politische Beschluss gefasst, dass er seine Rente erst mit siebenundsechzig erhalten würde.

Heute dachte er noch nicht an die Rente. Im Fernsehprogramm lief an diesem Mittwochabend zum letzten Mal das Boulevardmagazin *Stern TV* live mit Günther Jauch und zum ersten Mal der Kinofilm *Sex and the City*. Im dritten Programm wurde die neunundsechzigjährige Folksängerin Joan Baez portraitiert, die in der Jugendzeit seines Vaters „mit festem Soprangesang und klaren Worten" zum Gewissen und zur Stimme der Sechzigerjahre geworden war. Die Jugend seines Vaters, eine Ewigkeit war das her. Kein Internet, keine Handys, kein Rauchverbot in der Gastronomie, kein Google und kein Youtube, kein Wikipedia und keine Online-Rollenspiele. Stattdessen Monopoly und Mensch-ärgere-dich-nicht. Wie bezeichnend! Und die Jugend seines Großvaters im Dritten Reich war noch weniger vorstellbar, dann vielleicht noch eher die Jugend der Urgroßväter in der Rhön, das war noch im Kaiserreich, das klang so wie Mittelalter, das ihn ja in den Computerspielen immer fasziniert hatte.

An diesem Tag, an dem er 23 wurde, war es am Vormittag teils neblig, teils locker bewölkt und trocken. Die Temperaturen verharrten bei leichtem Dauerfrost um minus ein Grad. In der Frankfurter Rundschau, bemerkenswerterweise auf der Seite 37 (!), hatte ein Artikel gestanden, aus dem hervorging, dass Hayao Miyazaki, Japans größter Trickfilmschöpfer, am selben Tag wie er Geburtstag hat. Hayao wurde heute siebzig. Bis er so alt sein würde, hatte er noch siebenundvierzig Jahre vor sich. So weit konnte er nicht denken. Bis zur magischen Zahl seines Vaters, der 37, waren es bloß noch vierzehn Jahre.

In diesen vierzehn Jahren, zwischen dem 23. und dem 37. Lebensjahr, hatte sein Vater, den großmütterlichen Erwartungen trotzend, nicht Theologie, sondern Pädagogik an der Uni Frankfurt studiert, war in verschiedene Länder gereist, hatte in Forschungs- und Fortbildungsprojekten gearbeitet, eine Therapieausbildung vollendet, sich in einigen langjährigen und auch kürzeren Beziehungen erprobt und mit fünfunddreißig dann geheiratet und schließlich, mit sechsunddreißig, ihn gezeugt. Sein Großvater hatte in dieser Lebensspanne noch einige Jahre in Kriegsgefangenschaft zu verbringen, sofort danach geheiratet, ein Haus im Dorf seiner Frau gebaut, einen Baum gepflanzt, einen Sohn und eine Tochter innerhalb und eine Tochter außerhalb der Ehe gezeugt. Zum Studieren hatte es bei dem Großvater nicht gereicht, diese Hoffnung hatte er auf seinen Sohn übertragen. Seine Urgroßväter hatten in dieser Zeitspanne geheiratet, der jüngere mit dreiundzwanzig, der ältere mit neunundzwanzig, waren in die Dörfer ihrer Frauen gezogen, und mit 37 hatten sie bereits vier bzw. fünf Kinder.

The times they are a'changin'. Es war letztlich irrelevant, ob er keine Veränderungen mochte oder doch, ob er ein typisches Exemplar irgendeiner Kategorie war oder ein individuelles, ob er vor oder hinter dem Horizont lebte, nah oder fern den Weltenbränden. Eingebunden in die historischen Konflikte blieb er sowieso, die Vornamenmoden mochten sich ändern, die Währungen wechseln, ob es in vierzehn Jahren den Euro noch geben würde, war genauso unvorhersehbar wie der Wohnort, an den es ihn verschlagen würde, vielleicht

138

in den Wohnort seiner Frau, wie es bei seinen Ahnen bisher immer gewesen war. Die Entwicklung der Einwohnerzahl Frankfurts war aber genauso wenig prognostizierbar wie seine eigene Kinderzahl in vierzehn Jahren. Wie hatte doch sein Vater neulich das irische Sprichwort zitiert:

„Wenn du Gott zum Lachen bringen willst, erzähl ihm von deinen Plänen."